Chrystine Brouillet

D0925389

Préférez-vous les icebergs?

la courte échelle

Du même auteur, à la courte échelle :

Romans
Le Collectionneur
C'est pour mieux t'aimer, mon enfant
Les fiancées de l'enfer
Soins intensifs
Indésirables
Sans pardon
Silence de mort
Promesses d'éternité
Sous surveillance
Double disparition

Format de poche
Le Collectionneur
C'est pour mieux t'aimer, mon enfant
Les fiancées de l'enfer
Soins intensifs
Indésirables
Sans pardon
Silence de mort
Promesses d'éternité

Chrystine Brouillet

Préférez-vous les icebergs ?

la courte échelle

Les éditions de la courte échelle inc.
160, rue Saint-Viateur Est, bureau 404
Montréal (Québec) H2T 1A8
www.courteechelle.com

Dépôt légal, 2ᵉ trimestre 2012
Bibliothèque nationale du Québec

La courte échelle reconnaît l'aide financière du gouvernement du Canada
par l'entremise du Fonds du livre du Canada pour ses activités d'édition.
La courte échelle est aussi inscrite au programme de subvention globale
du Conseil des Arts du Canada et reçoit l'appui du gouvernement du
Québec par l'intermédiaire de la SODEC.

La courte échelle bénéficie également du Programme de crédit d'impôt pour
l'édition de livres — Gestion SODEC — du gouvernement du Québec.

**Catalogage avant publication de Bibliothèque et Archives nationales
du Québec et Bibliothèque et Archives Canada**

Brouillet, Chrystine

    Préférez-vous les icebergs?

    Éd. originale : Paris : Denoël ; Saint-Laurent, Québec : Lacombe, c1998.

    Publ. à l'origine dans la coll. : Collection Sueurs froides.

    ISBN 978-2-89695-388-2

    I. Titre.

    PS8553.R684P73 2012   C843'.54   C2012-940563-9
    PS9553.R684P73 2012

    Imprimé au Canada

À Michelle Corbeil

CHAPITRE 1

« C'est horrible, nous a confié Pierre Trudel, mourir étranglée. » On sait que l'actrice Élodie Cartier, vingt-neuf ans, a été assaillie sur les Plaines d'Abraham, hier soir, alors qu'elle se rendait à son domicile, rue Laurier. Ce n'est pas la première fois que le parc des Champs-de-Bataille est le théâtre d'événements dramatiques. La proximité de la Grande-Allée, très animée, n'a pas, hélas, inquiété le meurtrier. La colonie artistique est en deuil. « C'était une excellente comédienne, j'aimais beaucoup travailler avec elle », a déclaré Pierre Trudel qui l'avait choisie pour jouer Manon dans la pièce de Michel Tremblay, à l'affiche depuis trois semaines. M. Trudel n'a pas encore décidé qui allait remplacer la comédienne. « Après l'enterrement, pas avant », a-t-il dit, bouleversé. Il a refusé de confirmer qu'il avait arrêté son choix sur Élodie Cartier pour Nouvelle-France, *cette super-production qui sera entièrement réalisée à Québec, mais il a répété plusieurs fois que la jeune femme était promise à une carrière internationale.*

— Et alors ? Qu'a dit notre petit nouveau ? Elle a été violée, non ? demanda Graham à Rouaix.

— Non.

— Ah bon.

— Tu es obsédée, Graham, les filles ne se font pas toutes violer. Le légiste est formel. Il est correct, tu sais. Un peu trop calme peut-être. Il était déçu que tu ne sois pas venue avec moi. Il arrive dans dix minutes avec son rapport. Essaie d'être aimable. Je sais que tu appréciais Jacob mais il est parti, accepte-le une fois pour toutes.

— Vous me lâchez tous en même temps, murmura l'inspectrice.

Non, Yves l'avait quittée bien avant que le Dr Jacob prenne sa retraite et Rouaix ne serait pas absent définitivement. Yves, lui, ne reviendrait jamais. Est-ce qu'il y avait plus de femmes que d'hommes qui étaient abandonnées, plaquées, oubliées ? Probablement pas, mais c'était son impression.

— Graham !

— Je ne mordrai pas le nouveau, promis.

Rouaix soupira ; Graham était vraiment insupportable. Il faillit lui raconter une blague mais il se ravisa ; avec son féminisme exacerbé, elle ne la goûterait sûrement pas. Depuis son arrivée dans ce poste de police, l'atmosphère s'était modifiée ; les enquêteurs ne se permettaient d'être grivois qu'en l'absence de Graham. Certains avaient tenté de la faire muter ailleurs, soutenant que chaque unité policière devait la supporter à tour de rôle, mais le patron avait rejeté leur requête. Il comprenait ses hommes, mais il devait engager des femmes, et Graham faisait presque toujours équipe avec Rouaix qui ne s'en plaignait pas.

Car Rouaix aimait bien Graham. Elle l'agaçait prodigieusement mais il estimait sa curiosité, sa volonté d'apprendre, de se perfectionner, son énergie, son acharnement à chercher des preuves, son imagination, son intuition, féminine ou non. Il l'observait depuis deux ans et elle ne l'avait jamais déçu. Elle était paranoïaque et suicidaire comme les lemmings qui traversent un continent en fonçant museau baissé dans les obstacles de toutes sortes, montagne, mer, terre, feu, glace, faucon, cougar, vautour, homme, chasseur. Oui, Graham s'entêtait avec une dangereuse inconscience ou la lucidité du désespoir, et Rouaix espérait que ce n'était pas sa vieille rupture avec Yves qui l'avait tant désillusionnée. Rouaix regardait Graham, tête acajou penchée sur une liasse de feuilles, et il se demandait comment elle allait apprécier le séjour du capitaine Larcanche, officier de gendarmerie français qui venait passer quelque temps au Québec.

Graham releva la tête, se sentant observée. Elle ouvrit des yeux incertains qui devenaient verts quand elle faisait l'amour, ce qui était rare, mais Rouaix ne pouvait pas deviner si Graham avait joui ou non la veille, car ses lunettes étaient affreusement sales.

— Oui ? demanda Graham à Rouaix. Je vais être polie avec le médecin.

— Je ne pensais plus à lui mais au Français qui arrive demain.

— Et alors ?

— Rien. Je ne serai pas là en même temps que lui.

Graham faillit dire qu'elle serait aussi aimable avec l'invité, mais elle se contenta de faire remarquer que Nicole Rouaix avait l'air contente de partir pour Boston.

— Le meurtre d'Élodie Cartier l'a dérangée, non ?

— C'est parce que vous aviez parlé ensemble de cette femme.

— Je l'avais vue jouer avant sa mort. Je l'avais même saluée en coulisse, après un spectacle.

— C'est pour ça que tu n'es pas restée longtemps à la morgue ?

— Je ne sais pas.

— Pourtant tu es arrivée la première sur le terrain.

Pour partir la première. Ça ne lui était jamais arrivé auparavant ; elle traînait sur les lieux du crime bien après le départ du médecin légiste, observant les policiers qui ratissaient le terrain, repoussaient les curieux, répondaient aux messages radio, s'éloignaient, revenaient, s'agitaient. Elle s'approchait plusieurs fois du cadavre, s'en écartait puis le regardait de nouveau : une fiche de plus au tiroir mnémonique. Graham pouvait revoir la scène dans ses moindres détails si elle l'avait bien fixée dans son esprit. Elle se rappelait les mains crispées, les visages enflés, les bouches hurlantes, les bras tordus, l'escarpin tombé dans la lutte, la couleur des ongles vernis, les lunettes cassées, le gant perdu.

On avait trouvé les moufles jaunes d'Élodie, quasi phosphorescentes sous les lumières du lampadaire. Les enfilait-elle quand on l'avait attaquée ?

Graham était souvent allée sur les Plaines d'Abraham pour constater les délits, reconstituer des scènes.

Bien des femmes y avaient été violées. Certaines avaient ensuite voulu se jeter de la tour Mortello, s'étaient ravisées : le mirador était-il assez élevé ? Le fleuve n'était pas très loin. Il y avait aussi des Valium à l'appartement qui sauraient apporter l'éternel oubli. Une patrouille passait et les femmes terrorisées ignoraient si elles avaient peur des policiers parce qu'ils étaient des hommes ou si elles étaient soulagées de leur intervention. On les amenait à Graham. Ou Graham les rejoignait à l'hôpital. Les écoutait, douloureuse et rageuse. Elle ne parvenait plus, ensuite, à se souvenir des Plaines des matins d'été, à l'odeur sucrée de rosée, tapis trop frais où s'ébattaient parfois des amoureux. Mineurs pour la plupart. Ils n'avaient pas de voiture pour y faire maladroitement l'amour, coincés entre le banc et le coffre à gants, inquiets des gardiens de stationnement qui pourraient les surprendre. Ils cherchaient un buisson touffu sur le parc des Champs-de-Bataille, oubliaient que l'arbuste ne les cachait pas vraiment aux regards. Des joggeurs trop matinaux, des insomniaques, des propriétaires de chiens portaient parfois plainte. Les adolescents juraient qu'ils ne *le* feraient plus. Ou du moins, pas sur les Plaines. Ils ne savaient pas où ils iraient. Graham demandait toujours aux filles si elles prenaient la pilule, mais tentait surtout de persuader le très jeune couple d'adopter le préservatif. Elle se désolait pour tous ceux qui apprenaient les premiers gestes amoureux de les voir découvrir que ces derniers représentaient maintenant un danger mortel, mais jouer à l'autruche ne servait à rien et au lieu de rédiger un rapport sur ce délit de *grossière indécence,* Graham distribuait des condoms, donnait l'adresse d'un centre de santé où on informerait et aiderait les adolescents imprudents.

Est-ce qu'Élodie avait déjà vécu des étreintes passionnées sur les Plaines, ou y avait-elle pique-niqué ? Au lendemain de la nuit du bal des finissantes, heureuse de sa robe longue, légèrement déçue par la soirée qu'elle avait trop rêvée, un peu nauséeuse d'avoir trop bu de rhum and coke, et pourtant affamée, soucieuse de ne pas écraser son bouquet de corsage, rose et souffle de bébé, indépendante vis-à-vis de son cavalier, car elle était persuadée que l'ami de Josée Drouin l'aurait invitée à danser s'il avait pu. Elle avait bien vu comme il la regardait. Elle était persuadée qu'il avait fait exprès de s'asseoir à côté d'elle. Il fumait des Export'A et lui en avait offert une. Les volutes anthracite se dissipaient dans l'air chaud de midi. Les oiseaux avaient chanté bien avant l'aurore au moment où Élodie avait enfilé la cape perlée que lui avait prêtée sa tante, même si la nuit était douce pour la fin mai. Élodie avait hâte que le jour se lève, car elle avait peur de l'obscurité même si elle était accompagnée. Elle se corrigerait de ses craintes et quinze ans plus tard en rirait avant d'être assassinée à l'endroit d'où s'était envolée la nappe à carreaux bleus et blancs.

Graham secoua la tête pour chasser cette image.

— Vous partez quand pour Boston ?

— La semaine prochaine. On aurait mieux aimé en janvier. Aujourd'hui, on n'est pas encore écœuré de l'hiver. Mais c'est pas moi qui ai choisi la date du stage.

— On choisit jamais rien. Sais-tu qui va te remplacer ? Avec moi ? Il ne doit pas y avoir beaucoup de volontaires…

— Toujours aussi paranoïaque, répondit Rouaix en souriant à demi.

Graham sourit à son tour.

— Oui, mais j'ai raison de l'être… Qu'est-ce que tu penses du meurtre ?

— Un malade.

— Qu'est-ce que la démence ? murmura Graham.

— C'est quelqu'un qui étrangle une femme pour lui faire avaler ses cheveux. C'est pas assez ? Ça ne me surprendrait pas qu'on ait une lettre pour revendiquer le meurtre.

— Hier, c'était la pleine lune.

— Oh non ! gémit Rouaix. Tu y crois ? Pas toi !

Non, elle ne savait pas. Elle ignorait si Hécate avait une influence sur les mortels. Quand sa face blême se libérait tout entière de l'ombre, les eaux s'agitaient peut-être, enfantant des écumes blafardes comme la lune qui se fracassaient contre les môles à l'entrée des ports. Les môles étaient aussi des poissons-lunes ; Graham les imaginait se livrer à de curieuses sarabandes au fond des océans alors qu'un peu plus haut des femmes sentaient leur ventre se gonfler comme un croissant chaud qu'un homme dévorerait.

La veille, l'homme n'avait pas dévoré le croissant, mais massacré cent désirs chez une femme qui était jeune et belle et qui avait eu tort de faire confiance à l'astre d'albâtre pour éclairer un sentier trop obscur. Ses longs cheveux blonds coupés avaient des allures de comète. L'avaient-ils désignée à l'assassin ?

— Elle est morte entre vingt-deux heures et minuit, dit le médecin légiste.

— On le savait, répliqua Graham.

Le Dr Alain Gagnon cligna imperceptiblement de l'œil ; cette inspectrice était trop froide pour être frigide : pourquoi était-elle si sèche avec les hommes ?

— Vous êtes sûr que la victime n'a pas été violée ?

— Oui, absolument.

— Et sa bouche ?

— Il n'y a que ses propres cheveux et un peu de sable.

— Est-ce qu'on a mis ses cheveux après sa mort ou avant ? On a voulu l'étouffer avec ?

Le légiste secoua la tête, demanda s'il pouvait allumer une cigarette.

— J'ai recommencé depuis deux semaines, confessat-il, j'avais arrêté depuis un an.

— Oh ! fit Graham. Moi, je n'ai pas touché à une Player's depuis trente-sept jours.

Tout le monde croyait que l'inspectrice avait cessé de fumer pour être en meilleure forme mais, en fait, elle avait renoncé au tabac pour ne plus penser à Yves. La privation l'énerverait, déplacerait le problème ; ce n'est plus son ex qui lui manquerait mais la nicotine. Elle savait, après plus d'un mois, que cet espoir était ridicule, mais l'orgueil l'empêcherait de racheter un paquet de Player's light.

— Bravo, dit le légiste.

— Bravo ? grogna Rouaix. Mais c'est moi qu'on devrait féliciter ! C'est moi qui endure Graham !

Le docteur sourit de l'air boudeur de Graham ; sa moue lui conférait une allure enfantine qui s'accordait mal avec les plis qui commençaient à creuser son front. Un front assez haut.

— On l'a étranglée avant de lui mettre les cheveux dans la bouche. Avec un bas de soie. Le sillon large et imprécis est typique du lien souple. Les lésions sont évidemment moins caractéristiques que celles de la strangulation manuelle… Je n'ai trouvé aucune empreinte, ce qui veut dire que l'agresseur a agi par surprise, placé derrière sa victime.

— Mais la pression ? Il fallait être très fort ?

— Attendez, je n'ai pas fini. Il y a des plaies à la tête. On l'a assommée avec une pierre et étranglée. Il y avait des signes de lutte au sol comme vous avez pu le constater, mais la victime n'a pas résisté très longtemps. Votre assassin devait être grand, car la victime fait un mètre soixante-douze. Mais elle est frêle. Peut-être anorexique. Peu de traces d'aliments, comme si elle avait mangé très tôt dans la journée, le matin, puis plus rien ensuite. Elle buvait un truc de régime. C'est bizarre, les cheveux.

— Pourquoi ?

— Mais… enfin… vous ne trouvez pas ça étrange ?

— Si, bien sûr. Mais ses cheveux n'avaient rien de particulier, de précis ?

— Non, ils étaient soyeux. La victime les entretenait bien, mais ils se seraient dévitalisés à force de diète. C'est un meurtre curieux ; les cheveux, et qu'on l'ait salie avec de la boue volontairement. Un maniaque.

— Nous y avons pensé, dit Rouaix en se moquant gentiment du légiste qu'il raccompagna à la porte.

Graham le salua vaguement ; elle était perplexe. Elle ne mettait pas en doute la compétence d'Alain Gagnon, mais elle s'étonnait que la victime n'ait pas été violée. Et on ne l'avait pas volée. Les policiers avaient rapporté un sac à main contenant des papiers d'identité, une carte d'autobus, des crayons pour les yeux bleus, gris et noirs, des fards, une lettre écrite par son amant dont on vérifiait l'alibi, un porte-monnaie où il y avait des billets verts, mauves, roses et un porte-clés en plastique représentant grossièrement un échassier. Graham se demanda pourquoi Élodie avait rangé ses clés dans son porte-monnaie. Elle ne venait pas d'acquérir le porte-clés ; le bec de la cigogne, le bout de ses ailes, étaient légèrement usés. On avait aussi laissé les bijoux, sans grande valeur sauf les diamants qu'elle portait aux oreilles. Cadeau de l'amant ? Était-ce un crime passionnel ? Pourquoi cette mise en scène macabre avec les cheveux et la terre ?

L'amant avait un alibi d'acier : il était à Montréal au moment du crime. Plusieurs personnes pouvaient en témoigner. Au moment où elle apprit cette information, Graham avait presque oublié son existence tant elle doutait de sa culpabilité. Non, il y avait un fou en liberté. Ou quelqu'un qui voulait faire croire à la folie. Ce qui n'était pas non plus un signe de santé mentale.

CHAPITRE 2

Il faisait moins 13 °C quand le cortège funèbre se mit en route pour le cimetière. Graham espéra que le prêtre écourterait son sermon à côté de la tombe. La terre fraîchement remuée miroitait comme si les interstices entre les grains de sable avaient gelé. Les feuilles mortes s'étaient recroquevillées sous les morsures de la bise. Les joues des amis et parents d'Élodie Cartier rougissaient et leurs larmes étaient balayées sans pitié par ce vent du nord qui ferait les tempêtes prochaines, modèlerait les congères, aveuglerait la ville. Le prêtre était un gros homme rougeaud, aux épaules larges et il était le seul à ne pas porter d'écharpe. Il prononça des paroles d'espoir pour les survivants, les assurant que « notre sœur Élodie serait bien accueillie par notre père à tous au ciel ». Graham était restée derrière, un peu à l'écart, les mains dans les poches de son imperméable, car elle avait déjà égaré une paire de gants. Elle observa les visages attristés un à un, tenta de déceler une nervosité anormale ou une inquiétude suspecte, mais la foule semblait unanimement bouleversée. L'angoisse tirait pareillement les traits, surtout ceux des femmes.

Plusieurs avaient les cheveux aussi longs que la victime, mais Graham remarqua notamment ceux de

Sarah Lay, véritable chape d'or qui captait le moindre rayon de soleil, l'empêchant de couler sur la tombe. Sarah devait connaître l'effet que produisait sa chevelure et elle s'était peut-être réjouie de s'habiller de noir ; son casque lumineux se détachait davantage. Elle regardait ses collègues à la dérobée ; se demandait-elle aussi qui pleurait réellement ? Élodie Cartier n'était sûrement pas aimée de tous comme l'avait affirmé le curé, c'était impossible.

Graham s'approcha de Sarah Lay à la fin de la cérémonie ; elle avait un bon prétexte pour parler à cette comédienne qu'elle admirait tant. Elle l'avait vue plusieurs fois au théâtre et elle avait été éblouie à chaque fois par le jeu de l'actrice, intense, intelligent, aussi passionné que nuancé. Graham ne l'aurait pas avoué, mais elle était excitée à l'idée de rencontrer tous ces artistes qu'elle voyait à la scène ou à l'écran. Elle allait interroger Sarah Lay quand celle-ci hâta le pas pour rejoindre une jeune femme en larmes. Elle lui serra le bras tendrement.

— Jeanne, ne pleure pas comme ça voyons, tu n'aimais même pas Élodie !

— Sarah ! s'écria Jeanne en se dégageant de son étreinte. Tu es impossible ! C'est un meurtre !

Elle s'immobilisa, indignée. Graham, qui les suivait, faillit buter sur elle et s'excusa en notant que Jeanne se mordait les lèvres au sang. Elle aussi avait de longs cheveux, d'un noir profond, fuligineuse fourrure aux ondulations rebelles. Elle aussi était jolie ; d'une beauté moins spectaculaire que Sarah Lay : les traits fins, réguliers, le teint pâle, évoquaient l'aimable douceur d'un camée mais les yeux, plus sombres encore que la chevelure, brûlaient d'une intensité singulière. Elle portait une veste de velours de coton piqué aux motifs Paisley bleu saphir, carmin et prune, et une écharpe bourgogne, à peine plus foncée que ses lèvres.

À en croire un témoin spontané qui vint faire une déclaration alors que Graham montait dans sa voiture, le criminel était un homme dans la vingtaine. Il l'avait aperçu aux alentours des lieux du crime.

— Je rentrais chez moi par les Plaines, c'est moins long. J'ai pas peur, je suis un homme. Je me suis même dit que je pourrais aider une fille si jamais il se passait quelque chose. Là, je suis arrivé trop tard. On l'avait déjà découverte. Moi, j'allais traverser Grande-Allée quand j'ai entendu les gens qui l'ont trouvée qui criaient. À ce moment-là, je n'ai pensé à rien. Sinon, je me serais mis à courir après le meurtrier. Il s'en allait vers le Parlement ; c'était lui, c'est sûr ! à cette heure-là, on court pas pour arriver à temps au bureau ! Et il ne revenait pas de travailler au Parlement, habillé comme ça.

— Ah oui ?

— Il portait un vieux blouson. En jeans. Comme les jeunes. Sale. Avec une casquette. Il était grand.

— Vous avez le sens de l'observation.

— Ah ! moi, j'aime l'ordre ! Si vous voyiez mon bureau au complexe G : c'est net ! Rien qui dépasse. Je le remarque tout de suite quand quelqu'un n'est pas propre. C'est pas surprenant qu'il l'ait tuée…

— Quelle heure était-il ?

— Onze heures moins le quart.

— Vous êtes bien affirmatif, fit Graham.

L'homme hocha la tête.

— Je pense bien. Ça me prend vingt minutes pour traverser les Plaines en partant de chez moi. D'habitude, je fais mon jogging à huit heures mais ce soir-là, il y avait une partie de hockey. Je suis sorti après, à dix heures et demie pile !

— Vous avez rejoint les premiers témoins sur les lieux du drame. Pourquoi n'avez-vous pas attendu les policiers pour leur dire que vous aviez vu le meurtrier ?

L'homme se gratta une oreille puis haussa les épaules.

— J'ai pas fait le lien tout de suite. Je voulais rentrer chez moi ; j'étais en sueur après ma course, j'aurais eu froid ! J'aurais attrapé la grippe, elle est mauvaise cette année. En tout cas, il faut que vous cherchiez un type bien bâti. Il courait vite ; ça doit être un sportif. Il l'a violée puis il s'est enfui sans problème.

— Qui vous a dit qu'il l'avait violée ?

— C'est pas vrai ? C'est ce que ma femme m'a dit. Il me semblait que dans le journal…

— Si vous croyez tout ce qui s'écrit… Avez-vous quelque chose à ajouter ?

L'homme chercha vainement dans sa mémoire ce qui pourrait intéresser Graham. Il avait hâte de rentrer à son bureau pour raconter son après-midi à ses collègues de travail. Il aurait pu s'absenter toute la journée, mais depuis son aventure sur les Plaines, il avait des choses à raconter. Il n'avait encore rien dit aux journalistes, mais maintenant qu'il avait livré ses impressions à cette... cette inspectrice, et qu'elle ne lui avait pas demandé de garder le silence, il pouvait s'entretenir avec la presse. Il aurait peut-être dû regarder l'insigne de cette femme plus attentivement; était-elle vraiment qualifiée pour l'interroger? Elle avait l'air jalouse des reporters qui découvrent bien des choses avant la police.

CHAPITRE 3

Graham enleva son imperméable avant de s'asseoir dans sa voiture ; elle détestait être engoncée au volant. Elle avait attendu que tous les gens aient quitté le cimetière pour partir. Elle avait hâte de se réchauffer, l'hiver était de plus en plus précoce. Elle introduisit la clé de contact. Le ronronnement caractéristique ne se fit pas entendre, un toussotement bref, puis plus rien. Elle essaya de nouveau en prenant garde cette fois d'appuyer juste ce qu'il fallait sur la pédale. Ne pas brusquer surtout. Toujours rien. Elle attendit trois secondes qui lui parurent trois minutes, frappa dans ses mains et réinséra la clé. L'inquiétant toussotement, puis un silence exaspérant. Presser la pédale jusqu'au fond n'apporta pas davantage de résultat. Graham sortit de sa voiture en claquant violemment la portière. L'arrêt d'autobus le plus proche était à six ou sept rues de l'église. Pourquoi cette Élodie était-elle venue se faire enterrer en banlieue ? Évidemment, aucun taxi à l'horizon. Graham serra la ceinture de son imperméable avec fureur avant de s'éloigner de son automobile. Ses bottes martelant l'asphalte glacé éveillaient un écho dans l'avenue déserte. L'été, la chaleur étouffait les bruits, les feuilles des arbres empêchaient la résonance, l'humidité calfeutrait les sons de moiteur.

L'hiver, tout craquait, claquait, éclatait, crissait avec netteté. Graham se demandait si elle préférait le soleil ou les tempêtes. Elle n'aurait peut-être pas dû acheter une voiture européenne ; la mécanique n'était pas conçue pour les froids québécois ; si son moteur s'étouffait ainsi tout l'hiver, on rirait bien d'elle au poste. Elle marcha pendant dix minutes en pestant contre le vent qui l'obligeait à tenir les pans de son vêtement. Quand elle entendit un bruit de moteur, elle oublia que c'était contraire à ses principes de faire de l'autostop et leva le pouce. La Buick qui s'arrêta devant elle était vieille et déglinguée mais propre. Et elle roulait à peu près correctement. Un adolescent la conduisait.

Graham fut aussi étonnée par ses seize ans que par sa beauté ; elle fut frappée de sa ressemblance avec le *Persée* de Benvenuto Cellini. Le nez droit, les pommettes hautes, la bouche aux lèvres si rouges qu'elle pensa un instant qu'il les fardait, les joues un peu rondes, rappelant que l'enfance n'était pas loin, l'ovale doux et arrogant du visage, le menton volontaire, le front qu'on devinait large sous les épis noirs, troublèrent l'inspectrice. Moins cependant que l'œil gris très brillant. Trop ?

L'adolescent examinait aussi Graham ; elle apprendrait plus tard que sa mère était rousse, comme elle, et qu'il avait bien failli la planter là et repartir. Il dit seulement qu'il ne faisait pas chaud pour le mois de novembre.

— Oui, approuva Graham. J'ai noyé le moteur de ma voiture.

— Celle-là, dit l'adolescent en tapotant le volant, y a pas une tempête qui va l'arrêter. C'est du solide. C'est un vieux modèle ; dans ce temps-là, on faisait des chars qui marchaient. J'aurais pu avoir une auto neuve, certain, mais j'aime mieux celle-là.

— Elle est à toi ?

— Oui, qu'est-ce que tu penses ? Je conduis depuis longtemps. Aie pas peur, j'irai pas trop vite.

— Ça ne me dérange pas, j'aime la vitesse.

— Ça ne doit pas être avec ta petite Fiat que t'en fais, ironisa-t-il.

— Non, avec mon Yam 1100. C'est un bon bicycle, dit Graham sans regarder son voisin. Où allais-tu, toi ?

— Au centre-ville. Passe-moi la cassette qui est là, j'allais la mettre quand je t'ai vue.

Graham tendit la cassette en frémissant, elle entendrait sûrement du hard rock. Elle fut surprise de reconnaître Keith Jarrett. Yves lui avait offert *Köln Concert* avant qu'ils ne se séparent. Elle n'avait pas écouté le disque depuis son départ et la musique la bouleversa à tel point qu'elle détourna la tête, maîtrisant mal son émotion.

— Eh ? T'aimes pas ça ? Tu boudes ? Tu veux…

Il s'interrompit en comprenant que Graham retenait ses larmes. Après un temps infini, elle se tourna vers lui.

— Je voudrais une cigarette.

Il y a un paquet de Player's dans la boîte à gants.

— Oh ! non, je ne peux pas ! Je vais recommencer, j'aime trop les Player's light. Comment tu t'appelles ?

— Grégoire ou Gregory. Ça dépend de…

— De ?

— De rien… T'es ben mémère. Toi, c'est quoi ?

— Graham.

— Graham ? s'esclaffa Grégoire ou Gregory. Graham ? Comme les biscuits jaunes. C'est un drôle de nom ! Eh, j'disais pas ça pour t'insulter…

— Mon prénom, c'est Maud. Mais tout le monde m'appelle Graham.

— T'aimes pas Keith Jarrett ?

— Si, mais ça me rappelait des souvenirs. C'est pour ça que j'avais envie de pleurer, expliqua Graham en se demandant pourquoi elle racontait sa rupture à un inconnu.

— Moi, je ne pleure jamais, déclara Grégoire.

— Ça fait longtemps que tu as cette Buick ?

— Non, pas trop. J'aime changer souvent. C'est comme pour les coats. J'en ai un paquet ! Moi, le cuir, je trouve ça sexy. Pas toi ? Je pogne assez avec celui-là ! Touche, c'est de la bonne qualité. Il faut que ça soit de la bonne qualité sinon ça fait cheap. Ça a l'air d'être en plastique ou en caoutchouc, tu trouves pas ?

— Oui, c'est vrai, admit Graham. Mais c'est cher, du cuir.

— Ah ! c'est certain !

Il étira un peu son bras gauche sur le volant afin que l'inspectrice remarque sa montre à cadran digital. Comme elle ne disait rien, il lui demanda si elle voulait savoir quelle heure il était à Paris. Ou à Tokyo. Ou en Australie.

— À Paris, dit Graham, les gens sortent des bureaux. Ils vont acheter leur baguette pour le souper.

— Comment ça ? Il est sept heures dix en France, dit Grégoire en vérifiant l'heure à son poignet.

— On mange tard là-bas. C'est pas comme ici.

— Moi aussi, je mange tard, bouda l'adolescent. Très tard. Je peux manger vers onze heures des fois ! lança-t-il comme un défi.

— Ça dépend de l'heure à laquelle on se couche.

— Je me couche à l'heure que je veux !

— T'es chanceux. Pas moi, soupira Graham. Tu dois avoir une bonne job.

Elle avait dit ça sans sourire, sachant très bien que la prostitution n'est pas un emploi enviable. Comme elle l'avait prévu, Grégoire lui sourit pour la convaincre.

— Certain, je fais ce que je veux, quand je veux.

— C'est l'idéal, sûrement.

— Oui, dit-il en serrant les dents. C'est certain, la liberté, j'aime ça.

— Moi aussi, mais pas mon patron, plaisanta Graham.

— On peut quasiment dire que je suis mon propre patron… Je travaille juste quand j'en ai envie, quand je veux me payer quelque chose.

— Ça fait longtemps que tu te prostitues ? demanda Graham d'un ton uni.

— Ça te dérange que je vende mon cul ? cracha-t-il. Vous autres les vieux, vous savez pas ce que vous voulez. Aussitôt que vous nous avez pelotés, vous êtes prêts à nous faire la morale.

— Je ne suis pas si vieille, protesta Graham. Puis j'ai pas envie de te peloter.

Devait-elle lui préciser qu'elle savait qu'il ne rencontrait que des hommes ou ne l'acceptait-il pas encore lui-même ?

— Je te trouve beau mais j'ai pas envie de coucher avec toi.

— J'te crois pas !

— Tu n'es pas obligé. En revanche, si tu as envie de venir prendre un café avec moi… J'ai pas eu le temps de manger encore, et je m'endors, je me suis levée tôt.

— Moi aussi, dit Grégoire, décontenancé par l'apparente indifférence de Graham.

— Et j'ai froid.

— Tu devrais t'acheter un coat de cuir, conseilla Grégoire. Ça coupe mieux le vent que ta vieille affaire tout usée.

— Je le sais, mais j'aime mon imperméable.

— Comme Columbo sauf que, toi, t'aimes mieux les Player's que les cigares.

— Non, j'aime aussi les cigares. Je t'invite à manger un sandwich. Ou une pizza.

— J'ai de l'argent ! insista l'adolescent.

— Je n'en doute pas.

— Je peux même payer pour toi, crâna-t-il.

— Oh ! non, je suis le genre de fille qui paie sa part. Mais si tu n'as pas le temps et que tu *veux* aller travailler, ça sera pour une autre fois.

— Non, j'en ai pas envie. Après tout, c'est mon cul à moi, je le prête quand je veux, Christ !

Graham suggéra d'aller à la Pizza d'Youville. Elle savait qu'elle serait servie rapidement. Elle devait rejoindre Rouaix à deux heures moins le quart.

Quand on déposa la pizza garnie devant elle, Graham eut un tel regard de convoitise que Grégoire éclata de rire. Son premier vrai rire.

— Tu as l'air d'aimer ça, toi, la pizza. On aurait dû commander une extra-large.

— Non, il ne faut pas que je grossisse.

— Moi, je peux manger tout ce que je veux, je n'engraisse jamais.

— C'est injuste !

— On aime mon beau petit cul ; il faudrait pas qu'il change ! dit Grégoire. L'envie de provoquer Graham ne le quittait pas.

— J'imagine, dit-elle simplement avant de se tailler une part qu'elle mangea lentement malgré son appétit.

Grégoire se décida à l'imiter. Ils parlèrent de moto durant tout le repas. Graham aimait la vitesse. Trop. Pourtant elle avait vu nombre d'accidentés, tous plus jeunes qu'elle, qui n'enfourcheraient plus jamais de Kawasaki, de Honda ou de Yamaha. La route, première cause de mortalité chez les adolescents. Ensuite : le suicide. Graham comprenant l'imprudente ivresse de l'accélération, l'impression d'impunité qui gagnait le conducteur quand l'aiguille indiquait la puissance maximale. Elle comprenait aussi le désespoir qui poussait les adolescents à sauter du haut d'un immeuble et à se noyer. Mais cet entendement ne l'aidait en rien à accepter ces morts violentes. Elle écoutait Grégoire vanter les mérites de la dernière Harley en souhaitant qu'il ne fasse jamais assez de passes pour s'en payer une. Elle tenait déjà à lui ; elle aimait son âge, celui du paradoxe, la candeur de ses moues, la maturité de son regard, la puérilité de ses entêtements, la volonté d'indépendance. Quand la serveuse apporta la note, Grégoire sortit un billet de vingt dollars. Graham lui en tendit sept.

— Tiens, c'est ce que je te dois.

— Tu te fais jamais inviter ?

Elle ne répondit pas. Depuis un an, excepté Rouaix, cet adolescent était le premier à lui offrir un dîner.

Ils sortirent, le vent était tombé. Graham serra la main de Grégoire en le remerciant de l'avoir ramenée au centre-ville.

— Veux-tu que j'aille te reconduire à ton bureau ? Eh, c'est drôle, j'sais même pas ce que tu fais, où tu travailles.

— En Basse-Ville.

— Restons pas dehors à geler. Viens, je travaillerai pas tout de suite.

Sa montre brillait même si le soleil boudait.

— Maintenant, les Français sont en train de faire leur vaisselle.

Graham hocha la tête en le suivant à sa voiture. Avant qu'ils ne démarrent, elle dit à Grégoire que son bureau était au deuxième étage de la centrale de police. Il agrandit les yeux, puis l'injuria.

— Ma maudite câlice ! Vieille crisse ! T'avais pas le droit de me faire ça, hostie !

— Si je te l'avais dit avant, tu n'aurais pas voulu manger avec moi.

— Tu me traîneras pas au poste, certain !

— J'en ai pas plus envie que de coucher avec toi.

Il la regarda avec stupeur, puis plissa les yeux, méfiant.

— J'te crois toujours pas, débarque de mon auto.

— O.K., dit Graham en ouvrant la portière. Mais si jamais tu as des problèmes, tu peux venir me voir. Et on pourrait essayer la pizza au caramel ; j'ai jamais osé.

— Va-t'en ! cria-t-il avant de démarrer.

Graham ne trouva rien à dire pour le retenir et le regarda tenter de se faufiler entre deux voitures. Elle frissonna.

CHAPITRE 4

— Un grand avec une casquette, qu'est-ce que tu en penses, Rouaix ?

— Rien ; il y a beaucoup de gens qui courent, même à onze heures du soir. Même avec une casquette. T'as appris quelque chose au cimetière ?

— Non, sauf qu'il y a au moins une femme qui n'aimait pas la victime.

Quand Graham eut rapporté la conversation surprise entre Jeanne et Sarah, Rouaix haussa les épaules.

— Tu vas les interroger. De toute manière, tu n'as rien d'autre.

— Tu t'en laves les mains.

— Pas à ce point-là, Graham. Tu sais très bien que je n'aurais même pas dû t'accompagner quand on a découvert le corps. Je pars pour Boston, je ne ferai pas cette enquête avec toi…

— Excuse-moi. Je me demande qui va te remplacer…

— Vraiment, ça t'inquiète ? Je ne savais pas que tu m'aimais autant, dit Rouaix en souriant. On ne te donnera pas un bleu pour un meurtre. Peut-être Moreau.

— Je n'aurai personne à qui parler.

Rouaix s'étonna : Graham sortait réellement de sa réserve coutumière. Ils se séparaient pour la première fois, mais il n'aurait jamais cru qu'elle manifesterait son désarroi. Il lui dit pour la rassurer qu'elle ne lui parlait jamais beaucoup de toute façon, gardant sa salive pour les interrogatoires des témoins.

— C'est vrai...

— J'ai jeté un coup d'œil à la liste des connaissances et amis de la victime. Les témoignages sont consternants de banalité... Comme d'habitude, tout le monde l'aime maintenant qu'elle est morte.

— Sauf cette brune que j'ai vue à l'enterrement. Une certaine Jeanne. Aurais-tu sa déposition ?

Rouaix fouilla dans les fiches.

— Louise, Mathieu, Mireille, Suzanne, Sarah, Marie, Hélène, Pierre, Jacques, Jocelyn, etc., non, je n'ai aucune Jeanne.

— Bon, je vais appeler Catherine Josselin.

La directrice du théâtre hésita avant de répondre, puis elle s'écria :

— Elle parlait avec Sarah ? C'est sa cousine, Jeanne Duroy.

— Sa cousine ?

— Oui, et son amie. Elles ont été pratiquement élevées ensemble. Jeanne Duroy est maintenant cantatrice, enfin, elle essaie. C'est une carrière bien difficile. Pourtant, elle était douée pour le théâtre.

— Était ?

— Oui, elle n'a pas joué longtemps à Québec. À vingt ans, elle a rencontré un ténor florentin. Elle l'a suivi en Italie, puis ils sont revenus ici. Ils se sont séparés ensuite mais elle a continué à préférer le chant. Je vous donne ses coordonnées.

Graham remercia puis quitta son bureau sans appeler Jeanne Duroy. Elle préférait surprendre les témoins. Elle chercha comme toujours ses clés de voiture, puis se rappela qu'elle l'avait abandonnée. Elle prendrait l'autobus jusqu'à la Haute-Ville et s'arrêterait en face du château Frontenac ; combien de touristes avaient vécu un jour, une semaine, un mois dans ce vieil hôtel historique aux briques grises et ocre ? Graham avait toujours eu envie de dormir dans une des chambres à tourelle qui donnaient sur l'immensité du fleuve.

Elle longea la terrasse Dufferin ; le vent soufflait comme s'il voulait la chasser mais elle resta longtemps à contempler le Saint-Laurent du haut de la falaise. Il l'impressionnait, mystérieux, lourd, changeant, étale ou furieux, inquiétant et apaisant ; la sérénité devait receler une part d'angoisse, intelligente lucidité. Une paix trop parfaite effraie, comme ces silences où on entend battre son cœur.

La sirène du traversier qui faisait la navette entre Québec et Lévis tira Graham de sa rêverie. Pestant contre la bise cinglante, elle monta les escaliers près du château Frontenac qui menaient au parc des Gouverneurs. Les rues avoisinantes devaient être agréables à habiter l'hiver, mais les touristes des beaux jours auraient vite exaspéré Graham et c'est sans regret qu'elle passa devant un immeuble annonçant un trois-pièces et demie à louer. Jeanne habitait un peu plus haut : Graham fut soulagée d'échapper à la violence du vent. Elle attendit de s'être un peu réchauffée avant de sonner à la porte de Jeanne. Celle-ci ouvrit immédiatement mais parut surprise de se trouver face à Graham, comme si elle attendait quelqu'un d'autre. Surprise et rassurée. Pour un temps. Elle eut un mouvement de recul quand elle comprit qui était l'étrangère.

— Je peux entrer ? J'aurais peut-être dû vous appeler mais comme je passais dans le coin…

— Bonjouuuuuurrrrrrrrr fiiiiiille !

Graham fronça les sourcils avant de découvrir la cage d'un mainate dans un coin du salon. Elle s'approcha en souriant. L'oiseau se dandinait sur un barreau en sifflant.

— Je peux le faire sortir si vous voulez, s'empressa Jeanne, trop heureuse de cette entrée en matière. Son volatile intéressait cette inspectrice bizarre qui avait montré négligemment sa plaque en ouvrant son imperméable.

— Il est superbe ! Vous l'avez depuis longtemps ?

— Un an. Il est très intelligent, il apprend vite.

— Je croyais que les perroquets étaient plus doués que les mainates, c'est bien un mainate, non ?

— Oui. Je crois que ça dépend des oiseaux. Les perruches sont souvent très vives. Mais le mainate reproduit les chants des autres oiseaux. Le moqueur chat aussi d'ailleurs.

— Vous semblez vous y connaître en ornithologie ?
Jeanne sourit.

— Un peu. Petite, j'ai habité près d'une forêt. J'ai appris à les observer.

— J'aimerais bien avoir un oiseau mais j'ai déjà un chat. Léo serait jaloux.

— Il le mangerait.

— Non, dit Graham en secouant la tête. Mais il essaierait de le tuer même s'il n'est pas très bon chasseur ; il a peur des pigeons… Eh ! Attention !

Othello, fasciné par ce qui brille, avait jeté son dévolu sur les billes d'argent qui ornaient les oreilles de Graham. Elle rit tandis que Jeanne grondait son oiseau en le remettant dans sa cage. Elle offrit un café à Graham qui refusa.

— Vous prenez du thé, j'imagine ?

— Pourquoi ? s'étonna Graham.

— Graham, c'est un nom anglais. C'est bien votre nom ?

— Oui. Mais je ne bois pas du thé par atavisme mais pour me stimuler. Comme la journée sera longue… J'ai des tas d'interrogatoires… Vous êtes la première. Je vous ai vue au cimetière avec Sarah Lay ; vous la connaissez bien ?

— Oui, évidemment, c'est ma cousine, on a grandi ensemble. Et je la vois toujours beaucoup, on s'appelle quotidiennement.

— Vous êtes comme deux sœurs.

— Non, comme deux amies. Pourtant, nous sommes très différentes. Sarah est beaucoup plus dynamique, énergique. C'est une grande comédienne.

Il n'y a rien de pire que les eaux dormantes, se dit Graham. Elle doutait de cette Jeanne qui se prétendait calme, réservée, presque trop tranquille. Et qui jouait nerveusement avec sa longue tresse noire. Et qui se triturait les lèvres de ses petites dents blanches parfaitement alignées. Elle avait peut-être porté un appareil dentaire quand elle était enfant ou plus tard, quand elle avait décidé de jouer la comédie.

— Et vous ? Catherine Josselin m'a dit que vous jouiez autrefois.

— Non, pas vraiment. Quelques petits rôles.

— Maintenant, vous chantez, c'est ça ? J'aime l'opéra. Est-ce que Sarah Lay chante aussi ?

— Un peu. Comme toutes les actrices. Mais elle n'a jamais eu de rôle où elle devait chanter. C'est essentiellement une tragédienne. Elle aime le drame plus que tout.

— Et vous ?

Jeanne dévisagea Graham ; elle devait en savoir long sur les drames mais en avait-elle connu personnellement ?

— Non, finit-elle par répondre. Non, je n'aime pas le drame.

— Mais Sarah, oui. Elle doit se réjouir de ce meurtre ?

— Oh ! Pourquoi dites-vous ça ?

Jeanne avait pâli, Graham l'aurait juré.

— C'est dramatique, un meurtre, non ? Votre cousine connaissait bien Élodie Cartier.

— Comme tout le monde.

— Comme vous ? demanda Graham sans attendre la réponse.

Elle buvait son thé à petites gorgées. Il était très parfumé et s'accordait bien avec l'intérieur de Jeanne, d'inspiration exotique. Les batiks tendus sur les murs, les multiples statues en terre, en bronze, en cuivre, le lourd rideau de velours rouge qui séparait le séjour de la cuisine, les poufs en cuir brique, la table d'osier, témoignaient du goût de Jeanne pour les pays lointains, aux ciels chauds.

— C'est du jasmin ?

— Oui, répondit Jeanne, un peu décontenancée par les manières de Graham qui semblait vraiment venue pour prendre le thé.

Non, l'instant suivant, elle demandait à Jeanne ce qu'elle faisait le soir du crime.

Graham était ainsi, imprévisible. Elle faisait des remarques anodines, posait des questions banales quand elle appréhendait les témoins. Ils se méfiaient des interrogatoires précis et se livraient davantage au hasard d'une conversation insignifiante. L'inspectrice savait aussi que ses réflexions quelconques accentuaient parfois l'impression que ses interlocuteurs avaient d'elle ; ils doutaient de sa compétence ; c'était une femme et elle ne posait pas les bonnes questions. Elle semblait gênée, distraite, perdue.

Et parfois, il est vrai, Graham avait la sensation de vivre *à côté* de tout, comme si elle regardait le monde de la fenêtre de son bureau, de loin, en s'émouvant des mille actes dérisoires de ses semblables, comme si elle était, l'espace de quelques instants, une sorte d'ange gardien, bien qu'elle fût athée, qui se serait penché sur l'humanité sans trouver comment l'aider… Il n'y avait aucune prétention dans cette compassion ; Graham ne s'illusionnait plus depuis longtemps. L'humain était faible, vulnérable et aurait toujours besoin d'être secouru. Que n'était-il pas plus adaptable ? Comme les insectes. Graham collectionnait principalement les lépidoptères, mais elle possédait quelques beaux spécimens de coléoptères et d'orthoptères. On lui avait offert autrefois le grand papillon brésilien célèbre pour ses ailes moirées aux fabuleux reflets bleutés ou violacés. Mais elle ne s'était pas intéressée immédiatement aux chenilles, aux larves et aux chrysalides. Elle redoutait peut-être de se passionner pour les insectes et d'accepter de les tuer, de les épingler sur des cartons, de les empoisonner au formol pour satisfaire sa curiosité.

— J'étais ici, dit Jeanne, se demandant si Graham l'écoutait. Je lisais.

— Ah bon, vous lisiez quand Élodie Cartier a été étranglée.

— Je… oui. C'est ça, bredouilla Jeanne.

— Quelqu'un peut confirmer vos dires ?

— Mes dires ?

— Je ne sais pas… Un voisin qui vous aurait entendue rentrer par exemple…

Jeanne tressaillit, retint sa respiration un instant mais réussit à se contrôler pour répondre à l'inspectrice. Elle avait l'habitude des pauses respiratoires, elle savait placer sa voix.

— Je ne sais pas…

— Vous ne connaissez pas vos voisins ?

— Si, un peu.

— Vous avez de bonnes relations ?

— Oui.

— Tant mieux. Tant mieux pour vous.

— Oui, répéta Jeanne, sans conviction. Encore un peu de thé ?

— Merci, non. Qui sont vos voisins ?

— En dessous, c'est Annette. Elle a un garçon de dix ans, Sylvain. Je les aime bien. À côté, les Boivin, un couple d'une quarantaine d'années. Ils ont une boutique de cadeaux ; ils ne sont jamais chez eux. Au rez-de-chaussée, c'est Mme Larochelle. Une vieille dame très aimable, vive, curieuse. Mais pas gênante, discrète, elle ne s'impose jamais. Au premier, il y a les Sansfaçon, ils ont fait abattre la cloison et ont tout l'étage. Ici, au bout du corridor, c'est Bernie Smith.

— Bernie Smith ?

— Oui, il aime le hockey. Il vient de s'installer dans l'immeuble, il y a quatre mois. Je… je ne le connais pas bien. Mais il est très… gentil.

— Vous passez devant sa porte pour entrer chez vous. Il vous aura peut-être entendue ?

— Ça m'étonnerait.

— Donc, vous n'avez pas d'alibi.

Jeanne se troubla.

— D'alibi ? Mais… Est-ce que…

— Non, je ne vous accuse pas. C'est la routine de l'enquête. Mais vous détestiez tout de même Élodie Cartier, non ?

— Moi ? déglutit Jeanne.

— C'est bien ce que Sarah Lay vous a dit à l'enterrement ? C'est faux ?

Jeanne rougit, baissa la tête afin que l'inspectrice ne voie pas son expression contrariée. Elle ne pouvait pas nier, car trop de gens savaient qu'elle méprisait la victime. Elle releva lentement le menton.

— Oui, c'est vrai. Je n'aimais pas Élodie Cartier. Mais de là à l'assassiner… D'ailleurs, on a dit dans les journaux que c'était un homme.

— Vous auriez pu commander ce "travail", suggéra Graham.

Jeanne ouvrit la bouche comme un cœur. On était fin novembre et il n'y avait toujours personne dans la vie de Graham ; elle ne risquait pas de célébrer la Saint-Valentin en février. De toute manière, elle y était habituée ; Yves ne lui avait jamais envoyé de carte, de fleurs ou de chocolats pour l'occasion et elle n'avait jamais osé lui dire que ça lui aurait fait plaisir.

— Je… je n'ai jamais voulu tuer Élodie Cartier, dit Jeanne en mettant les mains dans les poches de sa jupe de laine verte, prenant conscience qu'elle les tordait sans arrêt depuis l'arrivée de l'inspectrice. Un grincement la fit sursauter ; elle cria :

— Non ! Othello, viens ici !

Mais son ton manquait de conviction ; elle était ravie que son mainate ait ouvert la porte de sa cage ; elle l'avait mal refermée dans cet espoir. Othello créait la diversion attendue. Il vint se poser sur le bras de Graham qui flatta doucement les plumes luisantes. Othello frotta le bout de son bec sur le petit crayon avec lequel Graham prenait ses notes et il finit par s'en emparer. Jeanne protesta mais Graham l'interrompit.

— Laissez-le-lui, si ça l'amuse. Pourquoi êtes-vous allée au cimetière ?

— Parce que… je ne sais pas. Tout le monde y allait.

Ce n'était peut-être pas tout à fait faux, songea Graham, mais ce n'était peut-être pas l'unique raison. En quittant l'appartement, elle entendit le claquement d'une porte.

— Votre voisin est de retour, je vais l'interroger, ce serait plus simple si vous aviez un alibi, non ?

CHAPITRE 5

Bernie déplut instantanément à Graham. Son visage mou, ses traits affaissés, les commissures hésitantes de ses lèvres, son expression geignarde, le lui firent comparer à une chandelle fondue : sa chair flasque allait couler, dégouliner sur le col de sa chemise, entraînant le nez, les oreilles, les yeux mouillés d'un bleu sale. Il tendit une main moite à l'inspectrice qui l'effleura du bout des doigts. Elle eut l'impression de tâter un poisson mort. Elle pénétra dans l'appartement en sachant qu'elle y respirerait une odeur de moisi, de décrépitude, de fleurs coupées qui ont pourri, oubliées dans un vase. Certaines se momifient ; leurs pétales acquièrent une fragile transparence et exhalent des parfums passés un peu écœurants, d'autres corolles ramollissent sur la tige, les feuilles se putréfient dans l'eau, leur puanteur donne la nausée. Comme Bernie.

Graham devinait qu'il avait envie de lui demander ce qu'elle voulait. Elle prit tout son temps pour déboutonner son imperméable et s'asseoir avant de lui adresser la parole.

— Je viens pour Jeanne Duroy. Votre voisine.

Les pupilles se dilatèrent subitement, gagnant sur la fade couleur.

— Oui ?

— Elle m'a parlé de vous.

— Ah.

— Vous n'êtes pas très curieux, non ?

Les yeux de Bernie reprirent leur étrange opacité rappelant la pellicule qui glisse sur l'iris des reptiles, suggérant une taie monstrueuse qui se confondrait avec le blanc.

— Vous entendez Jeanne Duroy entrer et sortir de l'immeuble…

— Pas toujours. Quand j'écoute la télé, je ne remarque pas ce qui se passe.

— Écoutiez-vous la télé mercredi dernier ?

— Mercredi ? Ben oui, les Canadiens jouaient contre les Nordiques.

— Vous aimez le hockey ?

— Oui.

— Est-ce que votre voisine aime le hockey ?

— Je ne sais pas. Je crois.

— Vous ne la connaissez pas beaucoup ?

— Non.

— Mais vous vous entendez bien ?

— Oui.

— Et vous ne l'avez pas entendue rentrer mercredi soir ?

— Non.

— Vous en êtes sûr ?

— Oui.

Trop catégorique, trop laconique, comme s'il voulait en dire le moins possible. À quel sujet ? Si Bernie et Jeanne avaient des relations amicales comme ils le prétendaient, il aurait dû manifester plus de curiosité, ce n'était quand même pas tous les jours qu'un flic venait l'interroger. Les témoins étaient généralement plus loquaces même s'ils craignaient souvent, bien qu'ils n'aient rien à se reprocher, d'être ainsi questionnés. Ils parlaient assez facilement d'un voisin ou d'un collègue, comme si le fait d'informer la justice allait les disculper. De quoi ? Bernie avait la conscience trop tranquille.

Jeanne avait dit qu'il était gentil. Vraiment ? Avec tout le monde ? Graham monta interroger Mme Larochelle. La vieille dame avait un visage si rond qu'il la rajeunissait. La visite de l'inspectrice l'excitait ; elle la fit entrer en lui demandant s'il y avait longtemps qu'on acceptait des femmes dans la police. De son temps, c'était impossible.

— Ça vous aurait plu ? fit Graham, amusée.

— Peut-être bien. Il y a des tas de choses que j'aurais aimé faire. Mes journées ont toujours été trop courtes.

— Je ne dérangerai pas longtemps.

— Je vous en prie, j'ai trop de temps maintenant… Que voulez-vous savoir ? dit Mme Larochelle d'une voix malicieuse.

— Ce que vous pensez de vos voisins. Jeanne Duroy et Bernie Smith.

— Ah… Ils sont très différents. Jeanne est réservée, presque sauvage. Inquiète. Comme si elle traînait un poids… Elle ressemble à un cygne, vous ne trouvez pas ?

— Vous vous intéressez aux oiseaux ?

— Non. Mais je pense à un cygne parce qu'elle est belle et fine mais qu'elle n'a pas l'air de s'en rendre compte. Je n'ai jamais cru à l'histoire du vilain petit canard qui devient un cygne et règne, majestueux… Quand on a reçu des coups toute son enfance, qu'on a été rejeté, on a beau avoir une apparence magnifique en vieillissant, il reste toujours une plaie. Je ne dis pas que Jeanne a été battue, mais elle a vécu une tragédie.

— Et Bernie Smith ?

Mme Larochelle haussa les épaules avec dédain.

— Lui ? soupira-t-elle.

— Oui ?

— Je ne l'aime pas. Vous l'avez vu ? On dirait un crapaud. Visqueux, baveux. Je ne sais pas si les crapauds sont gentils mais Bernie, lui, l'est. Trop. Je ne crois pas aux gens trop aimables. Ils mentent et m'exaspèrent : on ne peut pas être toujours de bonne humeur. À moins d'être programmé. Mais on n'est pas des robots. Peut-être que oui, pour Bernie Smith. Un androïde !

La vieille dame rit d'étonner Graham.

— Oui, j'aime assez la science-fiction. Je vais regretter de rater l'an 2000.

— Vous voulez dire que Bernie n'aurait pas de cœur ?

— C'est tout à fait ça. Pas d'émotion. Sauf quand il écoute le hockey peut-être. Je ne comprends plus Jeanne.

— Pourquoi ?

— Je l'ai vue entrer chez lui trois fois cette semaine. C'est à peine si elle lui parlait auparavant. Lui ne la lâchait pas ; toujours à vouloir discuter avec elle, sortir avec elle. Je l'ai même déjà vu la suivre... Je ne sais pas ce qu'elle peut lui trouver tout à coup. La solitude est parfois lourde, mais de là à fréquenter Bernie Smith ! Vous le trouvez sympathique, ce gars-là ?

— Je ne suis pas censée aimer ou ne pas aimer les gens que j'interroge.

— Mais vous n'êtes pas un robot, vous !

— Non, admit Graham.

La vieille dame eut un sourire doux qui la rasséréna avant de lui dire qu'elle pouvait revenir bavarder n'importe quand. Ce n'est qu'en descendant l'escalier que l'inspectrice réalisa que Mme Larochelle ne lui avait pas demandé pourquoi elle enquêtait au sujet de Bernie et de Jeanne. « La discrétion même », avait dit cette dernière à propos de sa voisine.

Sur le perron de l'immeuble, Graham décida de se rendre à pied chez Sarah Lay. Elle descendit la rue d'Auteuil jusqu'à la porte Saint-Jean et s'arrêta au pied de la pente. Elle rêva d'une fillette qui portait un manteau vert émeraude et un passe-montagne blanc. Elle tenait fermement la main de sa mère. Elle était excitée à l'idée de manger les confiseries à la mélasse qu'elles allaient acheter chez Cassulo et qui embaumaient toute la rue d'une odeur chaude et sucrée, puissante, irrésistible. De longues nattes blondes s'étiraient derrière la vitre, serpentant à travers des papillotes de papier ciré clair. «Tu ne manges que trois tires, ma Maud, disait la mère, sinon tu n'auras plus faim ce soir.» Maud Graham suçait les douces friandises en fermant les yeux. Elle les rouvrit pour se rappeler avec tristesse qu'on avait rasé la confiserie quinze ans plus tôt, pour y ériger à la place un snack-bar. Elle tourna le dos aux hamburgers de toutes sortes, hautement caloriques, et passa sous la porte de pierre, vestige des siècles précédents. Le porche obscur avait toujours cet effluve humide même si tous les vents s'y engouffraient. Graham boutonna le haut de son imperméable; elle était imprudente de s'entêter à porter ce vêtement en novembre, mais le manteau d'hiver qu'elle endosserait jusqu'en avril était si lourd! Les trois autobus garés place d'Youville faillirent la faire revenir sur sa décision; le 7 s'arrêtait rue d'Aiguillon, tout près de chez Sarah Lay. Graham résista à la tentation et marcha bravement jusqu'au boulevard Dufferin, véritable couloir de froid; nulle part ailleurs dans la ville il ne ventait autant, sauf sur le campus universitaire, et il était impossible de traverser le boulevard rapidement, un système de feux aberrant permettait à peine aux piétons de franchir le quart du boulevard. Les handicapés et les personnes âgées ne devaient jamais l'emprunter. De l'autre côté, Graham s'arrêta pour contempler la ville: les édifices les plus hauts parvenaient à se frayer une place entre les multiples boulevards échangeurs qui s'empilaient comme s'ils voulaient mener au ciel plutôt qu'à Chicoutimi ou Montréal. Les routes de béton défigureraient-elles la ville ? Graham, songeuse, continua à marcher rue Saint-Jean jusqu'à l'épicerie Moisan. Les vitrines plaisaient toujours à l'inspectrice, gaies, fantaisistes, vivantes, colorées. Cette fois, un épouvantail qui n'apeurait personne semblait vociférer derrière la vitre. Se plaignait-il des taquineries des corbeaux de feutrine perchés sur son épaule ? Ou de l'énorme citrouille qui lui écrasait les pieds ? Un panier de fruits appétissant, une grosse poche de céréales, des bouteilles aux étiquettes vertes spécifiant que l'huile d'olive était de première pression, une boîte de biscuits en fer-blanc, une longue tresse d'ail, des feuilles d'érable écarlates, des glands, des noix du Brésil, un sac de grains de café marron et noirs, un peu luisants, un cinq livres de sucre, des statices séchés invitaient le passant à entrer dans cette boutique qui rappelait les anciens magasins généraux. Graham ne succomba pas à l'envie de tout acheter et choisit seulement cent grammes de thé au jasmin. Elle aimait beaucoup voir flotter quelques pétales écrus dans sa tasse ; elle ne filtrait jamais ses thés. Les fleurs de jasmin, les longues feuilles fumées, les brindilles du oolong, l'enchantaient, les parfums subtils l'emplissaient de sérénité. Elle aurait pu le confier à Jeanne. Elle aurait pu dire aussi qu'elle aurait aimé lire son avenir dans sa tasse en porcelaine de Limoges. Elle sortit de l'épicerie en humant le thé, regrettant de ne pas pouvoir y goûter immédiatement.

Elle allait traverser la rue quand elle vit devant elle, à moins de dix mètres, une tête noire bouclée.

Elle reconnut la veste de cuir coûteuse, la démarche faussement décontractée de Grégoire. Elle décida de suivre l'adolescent. Il devait travailler rue d'Aiguillon, de toute façon, près de la taverne. C'était ça ou les alentours de la gare d'autobus, ou la rue Saint-Denis. On se prostituait aussi dans une rue du même nom à Paris, mais Graham n'y avait vu que des femmes. Grégoire tourna au coin de la côte Sainte-Geneviève et dévala la pente en courant comme s'il était pressé. De quoi ? De se vendre ou d'acheter de la coke ? Ou du hasch ?

Non, il courait pour courir, pour le plaisir, enfantin. Graham se réjouit de constater que Grégoire avait parfois des élans de jeunesse. Il n'était pas encore complètement usé par le métier. Il s'arrêta net devant la taverne, courba les épaules, cracha, se mordit les lèvres et entra. Il ressortit accompagné. Il vit alors Graham. Il dit quelques mots à l'homme qui l'avait suivi dehors. Celui-ci protesta, sacra en attrapant Grégoire par le bras. Grégoire ne broncha pas et pourtant l'homme serrait trop fortement son poignet. Graham s'avança pour lui porter secours, mais l'adolescent secoua son bras énergiquement et se dégagea. L'homme rentra dans l'établissement en brandissant son poing fermé.

— Pourquoi tu me suis, ma vieille câlisse ?

— Je ne te suis pas, j'ai une enquête dans le coin. Je suis allée m'acheter du thé chez Moisan puis je t'ai vu, c'est tout. J'ai autre chose à faire que de te suivre.

— Pourquoi tu me parles, tabarnac ?

— Parce que…

— Parce que. C'est tout, dit Graham en imitant les moues d'une gamine têtue.

— Tu m'as fait perdre un client.

— Tu vas le retrouver, j'en suis sûre.

Grégoire haussa les épaules, hésitant entre la colère et le soulagement.

— T'as pas peur parfois ? Ce type-là…

La réponse fusa, prévisible, agressive.

— Je suis assez grand pour me défendre tout seul, j'ai pas besoin de personne. Pas de toi, certain !

— Certain, répéta Graham.

Comme elle gardait le silence sans faire mine de partir, Grégoire plissa les yeux. Le soleil était pourtant si timide que les nuages n'osaient passer devant lui. L'adolescent examina Graham pendant une longue minute avant de lui dire qu'elle était mieux en personne.

— Je t'ai vue à la télé pis dans le journal, expliqua-t-il. C'est du crime du maniaque que tu t'occupes aujourd'hui ?

— Oui.

— C'est un fou, certain.

— Oui, admit Graham.

— J'ai déjà passé à la télévision, dit Grégoire. Une bonne femme était venue me poser des questions. Elle faisait un film sur la prostitution… Ça l'excitait, certain. Pis son caméraman aussi. Il aurait été prêt à me payer. Cent piastres certain ! Je te le dis.

— T'as pas voulu ?

— J'avais pas envie de travailler ce jour-là, confia-t-il. Ils m'ont payé pour me faire parler, tu sais. Moi, j'ai pas de temps à perdre. Qui tu vas voir dans le coin ?

Graham, qui aurait voulu lui demander le nom de la réalisatrice et le titre du film pour le visionner, répondit qu'elle devait rencontrer Sarah Lay.

— Sarah Lay ? Je la connais, je la vois souvent. Elle me cruiserait si c'était possible.

— Ah oui ?

— Certain ! Mais elle se dit qu'elle est connue et que je pourrais en parler dans les journaux. Ça serait pas bon pour son image. C'est pour ça qu'elle me parle jamais quand je la rencontre à la tabagie ou au dépanneur. Elle fume des Craven A. Mais pas beaucoup. Moi, je pensais qu'elle faisait plus d'argent. Pour quelqu'un de connu…

— Ce n'est quand même pas une vedette internationale, objecta Graham. Comment sais-tu qu'elle n'est pas riche ?

Grégoire secoua la tête, méprisant : cette fille n'était pas intelligente ou elle se moquait de lui ?

— Elle n'a même pas de veste de cuir. Pas d'auto. Mais elle vient de s'acheter une paire de bottes. Des bottes d'équitation, pareilles comme celles de son chum. Lui aussi, il me veut ! Je suis son genre, certain. Mais moi, j'aime pas trop les gens violents.

— Violents ?

— Ça t'intéresse, hein ? Je ne sais pas pourquoi je t'aiderais.

— Pourquoi pas, dit simplement Graham.

Il la regarda dans les yeux longuement jusqu'à ce que des larmes leur brouillent la vue à tous les deux. Elle était aussi têtue que lui et n'aurait jamais baissé les paupières. Il eut un petit rire sec.

— Oui, violents ; je les ai déjà vus se battre, Sarah et lui. En pleine rue. Elle braillait mais ça ne l'empêchait pas de lui sacrer des claques, certain !

— Pourquoi se disputent-ils ?

— Il est jaloux ! Il voudrait qu'elle soit tout le temps avec lui. Elle dit que non, que son métier passe avant tout, qu'elle veut sa liberté. Ils se séparent puis ils se réconcilient. C'est toujours la même histoire.

— Et Élodie Cartier, tu la connaissais ?

— Celle qui est morte ? Non, mais elle est déjà allée chez Sarah.

— Elles étaient amies ?

— Non, je ne pense pas. Je ne les ai pas vues assez souvent ensemble. Quand on a du fun avec quelqu'un, on le voit plus souvent. Il y a une fille avec une grande tresse qui vient souvent chez elle. C'est elle son amie ; elle l'appelle « ma belle ». C'est vrai que Sarah est belle mais l'autre a pas l'air de comprendre que c'est énervant de se faire dire à longueur de journée qu'on est beau. Je sais ce que c'est !

— Oui, j'imagine.

— La fille à la tresse n'est pas laide non plus, mais j'ai jamais entendu Sarah lui dire.

— Tu es bien observateur, dit Graham pour l'inciter à poursuivre.

— Oui, j'ai du temps… des fois… je vais souvent à la tabagie. Faut que j'y aille, là ; il me reste plus de cigarettes. Mais suis-moi pas !

— Tu habites dans le coin ?

— C'est pas de tes affaires.

Graham allait dans la même direction que Grégoire, mais elle obliqua à droite, longea la rue Saint-Olivier, puis remonta pour rejoindre la rue d'Aiguillon.

CHAPITRE 6

Sarah Lay habitait entre deux immeubles sinistrés et l'allure de ces maisons sombres, aux fenêtres placardées de planches pourries, accentuait la gaieté pimpante de son foyer. Graham poussa la porte vitrée et grimpa les trois étages qui menaient à l'appartement F. Aucune erreur possible : Sarah avait cloué deux lettres dorées à ses initiales. Même minuscules, elles se détachaient nettement sur le bois foncé de la porte, sous l'œil magique. Graham sonna et entendit des pas. L'inspectrice montra longuement sa plaque avant de pénétrer dans l'appartement. Le parfum capiteux de Sarah flottait dans l'air, presque palpable, riche, entêtant. Graham n'avait jamais senti un parfum qui définisse mieux une féminité toute-puissante ; Sarah pouvait se permettre de porter un chandail trop grand, un pantalon de jogging informe et d'épais bas de laine ; sa séduction se passait aisément d'artifices. Graham la suivit dans son living où les coussins de satin étaient disposés sur un sofa dans un désordre savamment négligé.

— Asseyez-vous… enquêteur… inspecteur… ?

— Les gens disent souvent inspecteur, ou inspectrice, je m'y suis habituée. Mais en fait, je suis enquêtrice puisque je mène des enquêtes. Les véritables inspecteurs contrôlent le travail de leurs collègues, mon travail…

55

— Voulez-vous du café ?

— Non merci, j'en bois déjà trop.

— N'étiez-vous pas au cimetière ? questionna Sarah.

— Si, vous êtes attentive.

— J'ai une bonne mémoire visuelle : ça m'aide beaucoup dans mon métier. Je lis un texte deux ou trois fois et ça y est, il est enregistré.

— C'est un beau métier, non ? Je vous ai vue jouer dans *Les Fauves*. Vous étiez excellente.

Sarah se détendit.

— Ah oui ? Merci. J'adorais cette pièce. Mais les critiques ont détesté.

— Vraiment ?

— Oui, ils n'ont rien compris. Mais on ne peut pas se passer de la presse…

— Vous avez réellement les yeux violets, constata Graham.

— Oui, ça, ce n'est pas une invention de journaliste.

— Vous ont-ils appelée au sujet du meurtre d'Élodie Cartier ?

— On m'a abordée à la sortie du cimetière. Mais que pouvais-je leur dire ?

— Un peu moins qu'à moi, j'espère, dit Graham en s'asseyant dans un fauteuil de velours imprimé.

Elle flatta lentement le tissu fleuri avant de sortir son carnet de notes.

— Vous avez un crayon ? Le mainate de Jeanne Duroy m'a volé le mien.

— Ah ? Vous avez vu ma cousine ? s'étonna ouvertement Sarah.

— Oui, elle vous aime beaucoup, non ?

— On s'adore.

— C'est ce qu'elle m'a dit. Vous êtes pourtant différentes, vous n'avez pas les mêmes fréquentations. Vous, par exemple, vous sembliez apprécier Élodie Cartier. Pas Jeanne.

— Ce n'est pas parce qu'elles se sont disputées avant le meurtre qu'il faut…

— Elles se sont disputées ?

— Vous l'ignoriez ? lâcha Sarah en pinçant les lèvres un peu trop fortement.

Le rouge grenat faisait paraître ses dents encore plus blanches. Elle avait déjà travaillé pour la compagnie Colgate.

— Vous tournez encore pour des publicités ?

— Non, presque jamais. Jeanne aussi en a fait il y a longtemps, pour un shampooing. Elle a failli être comédienne, vous savez…

Graham hocha la tête.

— Ma cousine était très douée, poursuivait Sarah. Mais elle n'a pas continué. C'était la meilleure d'entre nous.

— Plus que vous ?

— Inspectrice, vous exagérez… Je vous assure que Jeanne nous impressionnait beaucoup. Elle manquait peut-être de tempérament mais elle l'aurait acquis. Cela dit, elle n'a pas vraiment quitté le milieu artistique puisqu'elle essaie de chanter. Et puis nous nous voyons tous les jours.

— Elle me l'a dit, en effet.

— Elle ne vous a pas parlé de sa discussion avec Élodie, je suppose ?

— Pourquoi ne l'a-t-elle pas fait ?

— Parce qu'il s'agissait de moi. Élodie trouvait que je n'avais pas le style pour jouer dans *Nouvelle-France*.

— Le rôle de Mme de Laviolette ?

Sarah ouvrit la bouche, étonnée.

— Je suis très groupie, avoua Graham. J'adorais Frédéric Guichard quand j'étais jeune. Même aujourd'hui, il a encore beaucoup de charme. J'ai vu les photos dans le journal quand il est arrivé au Québec. C'est bien qu'il ait été choisi pour ce rôle de M. de Laviolette. Quand j'étais petite, je regardais toujours cette série, *Monsieur A*, vous savez, ce détective qu'il incarnait... Je le trouvais merveilleux.

— C'est pour ça que vous êtes devenue détective ?

Graham sourit.

— Peut-être bien... Je vous envierai de jouer à ses côtés... *Nouvelle-France* sera une énorme production. Je comprends que vous ayez envie d'avoir ce rôle.

— C'est un personnage très riche.

Et la richesse attire la richesse ; la comédienne qui interpréterait l'épouse de Frédéric Guichard accéderait à la scène internationale. Sarah Lay baissait les paupières sur l'éclat trop ambitieux de ses yeux, puis expliquait que cette jeune Française qui débarquait au Canada après une traversée où la moitié des passagers avaient péri du scorbut, était courageuse, fière et pourtant vulnérable. Elle craignait M. de Laviolette, son futur époux, un inconnu. Les filles du Roy étaient mariées dans les quinze jours qui suivaient leur arrivée au pays. Elles n'avaient pas le choix : un homme ou le couvent. Heureusement, sourit Sarah, les temps avaient changé !

— Au Québec, rétorqua Graham. Mais ailleurs ? L'Inde n'est pas tendre pour les femmes. On excise toujours en Afrique. Vous me direz que ce sont leurs coutumes. Bon. On répudie, on tue, on vend des filles partout dans le monde. Et même ici, tout compte fait : on bat et on viole...

— Les journalistes m'ont dit qu'Élodie avait été violée...

Graham la rassura : son amie n'avait pas connu cette souffrance avant de mourir.

— Ce n'était pas mon amie, mais une compagne, précisa Sarah. J'avais eu du plaisir à travailler avec elle *Le Marchand de Venise*. On s'est retrouvées dans la Beauce, au théâtre d'été. Je l'estimais mais je n'ai qu'une véritable amie : Jeanne. On a toujours été proches. Elle joue même la mère poule avec moi, elle ne peut pas admettre qu'on me critique. C'est pourtant normal, mais c'est pour ça qu'elle s'est brouillée avec Élodie.

— Jeanne pense donc que vous pouvez avoir le rôle de Mme de Laviolette ?

— Évidemment. Alors que je ne sais même pas si je postulerai.

— Mais vous disiez que ce personnage était passionnant...

— Oui, mais ça ne me convient peut-être pas. Élodie pouvait avoir raison. Jeanne doit regretter maintenant de l'avoir insultée.

— Que faisiez-vous au moment où elle a été assassinée ?

— J'étais ici. Je regardais *Garde à vue*. J'adore Serrault. J'ai quitté le bar en même temps que Jeanne. J'avais envie de traîner mais comme je donnais des cours le lendemain…

— Vous enseignez ?

— Oui, l'art dramatique dans une polyvalente. Activités parascolaires.

— Ça vous plaît ?

— Oui, j'aime les jeunes. Ils sont très motivés, naïfs… Ils rêvent de cinéma, ils se voient déjà à Hollywood. Mais la réalité est bien différente.

— Avec *Nouvelle-France*, la réalité changera pour certains comédiens. Ils seront connus, célèbres aussitôt.

— Peut-être. Mais il y a combien d'élus pour des dizaines d'appelés ?

— Quelqu'un peut confirmer que vous êtes bien rentrée chez vous hier soir ?

Sarah fronça les sourcils.

— Non. Ou peut-être Pierre Saint-Hilaire. Il m'a téléphoné. À moins que ce ne soit la veille… Mais pourquoi ? Excusez-moi, mais c'est un homme qui a tué Élodie. J'ai rencontré le témoin au cimetière. Un fonctionnaire d'une trentaine d'années. Il m'a demandé un autographe après l'enterrement. Il a vu un type s'enfuir. D'ailleurs vous le savez, vous avez discuté avec lui.

Rien n'avait échappé à Sarah.

— Oh ! je vous demande votre alibi pour la forme, affirma Graham. Vous pourriez être seulement complice du meurtre.

— Mais c'est complètement… absurde !

— Je sais, mais je dois tout vérifier, c'est mon boulot. Donc, vous étiez chez vous, comme Jeanne.

— Nous ne serons pas les seules dans ce cas. Nos soirées sont calmes si on ne joue pas ; on ne passe pas toutes nos nuits à boire et à fêter comme certains le croient. Vous fumez, inspectrice ?

Sarah lui tendait une Craven.

— J'ai arrêté.

Sarah leva les yeux, ils étaient vraiment très beaux, immenses, non seulement d'une teinte rare mais d'un ovale parfait, et l'arcade sourcilière bien dessinée les mettait en valeur.

— Moi aussi, j'avais cessé de fumer car c'est mauvais pour la voix. Mais avec ce drame… Je n'ai pas pu résister quand on m'en a offert une au cimetière. Pauvre Élodie, soupira Sarah après un long silence.

— Elle ne vous aurait pas fait de confidences ?

— Des confidences ? À quel sujet ?

Graham haussa les épaules.

— Je ne sais pas. Qui pouvait la détester au point de l'étrangler ? Avait-elle peur de quelqu'un ? Connaissait-elle un type à l'esprit dérangé ? Vous semblait-elle différente le soir où vous l'avez vue pour la dernière fois ?

Sarah secoua la tête.

— Il y a des haines, des jalousies dans notre monde comme dans tous les autres, mais de là à déclencher des fureurs meurtrières…

— Il n'y aurait pas un amant éconduit ?

— Je ne crois pas, c'est un crime de fou, avec cette histoire de cheveux dans la bouche. Ça arrive souvent, ce genre de meurtre par un maniaque ?

Graham n'avait pas envie d'expliquer qu'elle distinguait rarement la folie de la raison dans son travail et elle hocha la tête vaguement. Sarah voulait être rassurée ? En apprenant qu'il y avait plus de déments qu'elle ne le croyait en liberté ? En lisant les comptes rendus sanglants des petits journaux à sensation, photos morbides à l'appui ? Allait-elle voir les incendies pour se réconforter de ne pas y avoir brûlé ? Les accidents pour se réjouir de ne pas être éventrée, décapitée, broyée, éviscérée, brisée, déchirée, perforée, sectionnée, désarticulée, déchiquetée dans l'amas de ferraille qui fumait encore entre Montréal et Québec, au niveau de Drummondville, d'Issoudun, de Plessisville, de Nicolet ou de Bernières ?

— Qui pourrait me parler d'Élodie Cartier ? J'ai vu son ami, bien sûr, sa famille, mais j'avoue que je suis embêtée. Je questionne tous les comédiens de Québec mais…

Non, Sarah ne savait pas.

CHAPITRE 7

Graham rencontra neuf personnes dans l'après-midi. Aucun n'avait d'idée au sujet du meurtre d'Élodie. Ce n'était pas leur boulot, mais celui de l'inspectrice qui avait furieusement envie d'en changer en rentrant chez elle après avoir discuté durant deux heures avec Rouaix au bureau. Tout ce qu'elle savait à la fin de la journée, c'est que Sarah et Jeanne étaient inséparables.

— Rien de sexuel dans leur relation, bien sûr, avait précisé un scénographe qui les côtoyait depuis longtemps. Elles sont si dissemblables...

— Au lit?

— Oui. Elles n'ont pas du tout les mêmes abandons. Jeanne aime faire l'amour, Sarah prend plus de plaisir à séduire... Mais faire l'amour peut être aussi une manière de séduction.

— Vous voulez dire que Sarah n'aime pas tellement faire l'amour?

— Non, elle apprécie, je crois. Mais sait-on vraiment si une femme a du plaisir?

— Bien des hommes sont persuadés de leur talent, dit Graham.

— Pas si sûr. Les femmes ont la chance d'avoir des résultats... concrets, pas nous. Elles ont des preuves de leur pouvoir sexuel. Certaines préfèrent justement ce pouvoir, en jouissent davantage que du sexe même.

— Sarah et Jeanne aiment ce pouvoir ?

Il hocha la tête.

— Toutes les deux ?

— Oui.

— Elles sont rivales auprès des hommes ?

— Oui.

— Mais elles sont amies, non ?

— Oui. Jeanne protège Sarah et Sarah protège Jeanne.

— Pourquoi ? Elles sont menacées ?

— Non. Je ne sais pas pourquoi Jeanne a toujours été maternelle avec sa cousine. Elle est d'une patience, d'une gentillesse… Elle accepte tous les caprices de Sarah.

— Et Sarah ? Comment protège-t-elle Jeanne ?

— Elle refuse qu'on taquine sa cousine à propos de la réincarnation, elle entre dans son jeu.

— Jeanne croit à la parapsychologie ?

— Oui, depuis sa dépression.

— Sa dépression ?

— Dépression… Enfin, je ne sais pas au juste ce qu'elle avait. Une sorte de névrose paranoïaque. Elle pensait que tout le monde voulait la trahir.

— Pourquoi ?

— Parce qu'Enzo l'avait plaquée. Ils ont passé un bout de temps ensemble en Italie mais il l'a laissée tomber au retour. Elle, elle s'était imaginé qu'ils se marieraient et qu'ils auraient des enfants... Ça fait roman Harlequin et ça ne ressemble pas à Jeanne de fabuler comme ça. C'est plutôt le genre de passion qui habite Sarah. On aurait dit que Jeanne avait voulu imiter sa cousine... En tout cas, il paraît qu'elle a essayé de se suicider. Elle est allée en clinique psychiatrique. Évidemment, elle en est ressortie changée.

— Et la parapsychologie ?

— Oh ! Jeanne a peur des couteaux !

— Des couteaux ?

— Jeanne est persuadée qu'elle a poignardé une femme dans une vie antérieure : elle est vraiment phobique. Elle ne touche jamais à un couteau. Elle a peur de périr par le fer.

— Et Sarah y croit aussi ?

— Sarah, croire à la réincarnation ? Non, mais elle s'imaginerait volontiers être le fantôme de Sarah Bernhardt.

— Elle en a le talent, avança Graham.

— Et le caractère. Il paraît que la grande Sarah n'était pas toujours facile... Notre Sarah est capricieuse : douce et tyrannique, égoïste et généreuse. Jeanne est la seule à la supporter longtemps. On aime Sarah parce qu'elle est drôle, belle, spirituelle, talentueuse mais à petites doses. Un peu comme le caviar : c'est brillant, c'est joli, c'est mystérieux, exotique, cher. On se dit qu'on en mangerait des tonnes mais, si on le pouvait, on s'écœurerait vite ; c'est trop fort. Sarah est prenante, accaparante ; il faut la fréquenter mais ne surtout pas vivre avec elle.

— Vous avez essayé ?

— Il y a neuf ans. On est restés bons amis.

— Vous avez aussi essayé avec Jeanne ?

— Non, j'ai connu Jeanne avant Sarah. La vie de couple ne m'attirait pas alors. Puis il y a eu Sarah, j'ai voulu tout partager avec elle. Mais je n'ai pas tenu. Aucun homme non plus avant Pierre Saint-Hilaire.

— Pourquoi lui ?

— Il est comme elle. Passionné, excessif. C'est un coureur automobile ; il continue à vivre dangereusement avec Sarah. Moi, j'étais beaucoup trop doux.

Trop doux ? Non, philosophe plutôt. Le scénographe racontait toute cette intimité à Graham sans jamais s'exhiber. Il voulait l'aider et l'informait simplement des rapports qu'il avait entretenus avec les inséparables cousines, sans juger du bien-fondé de la curiosité de Graham. Il souriait en repoussant une mèche de cheveux. Il témoignait de plus de sagesse que de douceur et Graham lui en fit la remarque.

— Sarah n'aime pas plus la sagesse que la douceur. Elle n'a l'impression de vivre que dans la passion : cris, drames, pleurs, réconciliations.

— Et avec Jeanne ? C'est aussi dramatique ?

— Non. Jeanne ne se heurte jamais à Sarah. Elle est incroyablement patiente, je vous le répète.

— Et Sarah supporte cette patience, c'est une forme de douceur, non ?

— Si.

— Une dernière question, dit Graham. Comment fait Jeanne pour manger si elle a peur des couteaux ?

— Elle utilise des baguettes chinoises. Elle mange rarement de la viande. Beaucoup de poisson. C'est bon pour la mémoire. La sienne est prodigieuse. Celle de Sarah également ; elles se souviennent toujours des moindres détails.

L'inspectrice aussi mangeait souvent du thon, du saumon, de la plie, de l'aiglefin, de l'éperlan. L'été, parfois, un ami lui offrait de la ouananiche et la chair de carnation vermeille fondait réellement sous le palais. Égoïste, Graham n'entendait pas les miaulements furieux de Léo qui réclamait de nouveau une tête ou une queue, refusant qu'il n'y en ait pas trois ou quatre par poisson. Il aurait peut-être même accepté de plonger dans les rivières du nord du Québec ou les lacs de la côte, à la hauteur de Baie-Comeau, pour déchirer les nageoires bleutées, la peau tendre, très tendre dont l'odeur alléchante l'attirait. Le chat aurait aimé que Graham ne s'empresse pas toujours de jeter le papier dans lequel était emballée la ouananiche ; il aurait léché tranquillement le sang bruni. Graham buvait bien du café, elle, après ses repas, en le savourant lentement.

Une irrésistible odeur d'arabica envahit la cuisine de l'inspectrice. Elle savait bien qu'elle ne devait pas boire de café à cette heure mais elle voulait relire tous les témoignages avant de se coucher.

Elle referma le dossier à une heure trente de la nuit en se demandant pourquoi Jeanne Duroy lui avait caché sa dispute avec Élodie Cartier et si elle lui dissimulait autre chose. Elle décida de recourir à sa vieille ruse.

Elle s'empara d'un journal et y découpa des mots, des lettres qu'elle colla soigneusement sur un papier blanc très banal : JE SAIS POUR ÉLODIE CARTIER.

Graham risquait d'être radiée si ses supérieurs apprenaient qu'elle avait recours à cet illicite stratagème mais, comme elle n'avait pas souvent l'impression de faire partie du corps policier, elle ne s'imaginait pas en être exclue. *A poor lonesome cow-girl.* Elle savait qu'elle était responsable de sa condition, et blâmable. L'esprit d'équipe était important. Mais Graham avait triché dès le début ; elle avait une âme d'assistante sociale qui se serait déguisée en flic pour avoir davantage de pouvoir. Après quelques années de carrière, Graham ne savait plus ce que le mot « pouvoir » signifiait, mais elle continuait à désobéir secrètement aux autorités. Elle posta cette missive à Jeanne Duroy le lendemain matin après avoir cherché ses lunettes solaires durant quinze minutes. Pourtant, le soleil de novembre est rarement aveuglant à Québec. Il est pâle, usé, anémié et attend la neige avec impatience. Elle lui fera office de miroir, multipliant les lumières dorées à l'infini. Malgré des records de froid en janvier et février, on dit que le soleil est fort, car il resplendit dans un ciel d'un bleu trop pur.

Graham arrêta Rouaix qui montait dans sa voiture :

— Où vas-tu ? Tu ne pars pas aujourd'hui !

— Oui, c'est jeudi.

— Jeudi ? Mon Dieu ! J'ai réfléchi toute la nuit, je voulais te parler...

— Tu vas être obligée de m'écrire... Je me demandais si tu allais arriver à temps pour me souhaiter un bon voyage. Je pensais que tu étais fâchée parce que je partais. Je sais qu'il y a ce meurtre mais…

— Non, je suis en retard parce que j'ai cherché mes lunettes.

— Comme une star ? Tu veux circuler incognito ? Il y a tant de journalistes ? plaisanta Rouaix.

— Ne me parle pas de journalistes, ni de stars ! File, Nicole doit t'attendre avec impatience.

Graham se pencha pour embrasser Rouaix mais se ravisa en pensant que des collègues pouvaient la voir des fenêtres des bureaux. Freinant son élan, elle faillit trébucher. Rouaix rit, disant qu'il ignorait qu'il lui faisait tant d'effet. Elle rougit.

— Va-t'en retrouver ta femme ; je ne sais pas comment elle fait pour t'endurer !

— Ces derniers temps, c'était plutôt Martin qui était insupportable !

— Qui va le garder ?

— Il va aller chez ma sœur. Il a un cousin de son âge, ils s'entendent bien malgré la compétition.

— La compétition ?

— Ils ne jouent pas dans la même équipe de hockey. Ils sont féroces ! Si tu les voyais ! On ne dirait pas que ce sont des enfants !

— Oui, c'est ça, ils ont le droit d'être violents sur la glace !

— Mais non, Graham, ça dépend de l'instructeur. Martin est dans une bonne équipe ; on ne les entraîne pas pour la boxe mais pour le hockey, je te le jure.

— Tu as peut-être raison.

Rouaix claqua la porte de sa voiture et Graham le suivit des yeux en souriant : Rouaix devait être heureux d'avoir pu échapper à une autre discussion sur la violence de la société actuelle. Il comprenait pourtant très bien que Graham soit ulcérée par le spectacle des misères et des injustices qui était leur lot quotidien, mais elle devait se forger une carapace si elle voulait poursuivre sa tâche. Sinon, elle en crèverait. Graham savait cependant que Rouaix avalait des tranquillisants après avoir annoncé à des parents la mort de leur enfant dans un accident de la route. « Il me fait peur quand il rentre à la maison, ces jours-là », avait confié Nicole à Graham. « Il ne dort pas, même s'il prend des pilules. Il se dit que si c'était à Martin que c'était arrivé... J'aime mieux qu'il poursuive des bandits. » Graham aussi préférait les voleurs, mais les hold-up étaient plus rares que les accidents de la route. Graham aurait voulu que la conduite en état d'ivresse soit punie au même titre qu'un vol de banque. Et cependant elle savait que certaines personnes avaient bien des raisons de boire, de se droguer. Se prostituer à jeun n'est pas possible très longtemps.

Que fait Grégoire en ce moment ? se demanda Graham avec amertume.

CHAPITRE 8

Dans le hall d'entrée, un collègue la bouscula sans qu'elle s'en aperçoive. Il s'excusa mais n'obtint pas de réponse.

— Graham ? Hé ? Graham !

— Quoi ?

— Il y a une fille qui t'attend en haut. Une brune.

Enfin ! Jeanne avait reçu la lettre anonyme.

Le bureau de Graham était encombré de paperasse et le babillard de liège disparaissait presque totalement sous l'assaut de notes diverses. Il y avait des cartes de la ville sur les murs où des agglomérations de punaises rouges, vertes ou bleues rappelaient le type d'effractions qui avaient été commises à Saint-Roch ou à Sillery, Limoilou ou Sainte-Foy, Saint-Émile ou Charlesbourg. Mais Jeanne n'y prêta aucune attention, toute à sa surprise de voir une reproduction du *Déjeuner sur l'herbe*.

— Vous aimez Manet ? demanda-t-elle à Graham.

On faisait toujours des remarques sur la décoration de son bureau. Oui, elle aimait l'impressionnisme, sinon elle n'aurait pas mis cette reproduction, non ? On pouvait être flic et apprécier l'art.

— Manet me plaît aussi, dit Jeanne que ce goût commun avec Graham rassurait légèrement.

— Vous vouliez me voir ?

— Oui… Je vous ai dit que je n'aimais pas Élodie Cartier, mais j'aurais dû vous raconter que nous nous sommes disputées. Je n'ai jamais aimé Élodie Cartier. Mais je me suis seulement engueulée avec elle. Ce n'est pas moi qui l'ai tuée.

Son ton était celui de la certitude.

— Pourquoi vous êtes-vous disputées ?

— À cause de Sarah. Élodie prétendait qu'elle ne pouvait pas incarner Mme de Laviolette dans *Nouvelle-France*. Elle a toujours été jalouse de Sarah.

— Sarah avait pourtant l'air de s'entendre avec elle.

Jeanne eut une moue sceptique.

— Pas moi, en tout cas ! Je lui ai dit ce que je pensais au bar…

— Ensuite ?

Jeanne soupira.

— Ensuite, elle est sortie. Et je l'ai imitée peu après.

— Vous l'avez suivie ?

— Non ! Mais elle habite rue Laurier, vous le savez bien ! Nous passons toutes les deux par la rue Sainte-Ursule. Ensuite je tourne rue Saint-Louis. Mais elle, elle a continué sur Grande-Allée.

— Quelle heure était-il ?

— À peu près dix heures trente.

— Avez-vous rencontré quelqu'un qui vous a vue quitter Élodie Cartier et qui peut en témoigner ?

— Non, dit Jeanne, très vite. Non.

— Qu'est-ce qui vous a décidée à me parler de cette dispute avec la victime ?

— J'ai pensé que vous l'apprendriez, de toute manière. Autant que ce soit par moi.

Graham lui sourit et lui dit qu'elle la croyait, puis elle referma la porte derrière elle.

Jeanne n'avait pas parlé de la lettre anonyme. Pourquoi ? Quelqu'un détenait réellement une information au sujet du meurtre d'Élodie Cartier. Et Jeanne le craignait. Elle était donc mêlée à cette histoire. Personne ne pouvait affirmer qu'elle avait bien quitté la victime. Pouvait-on soutenir, au contraire, qu'elle l'avait suivie ? Et si on avait vu Jeanne avec Élodie, pourquoi le taisait-on ? Protégeait-on Jeanne par ce silence ou avait-elle dû l'acheter ? À qui ? À quel prix ?

Graham ne croyait pas que Jeanne avait tué Élodie, car elle la détestait trop franchement. Presque sainement. Ce genre de haine n'inquiétait pas l'inspectrice. Elle n'oubliait pas cependant que le scénographe avait dit de Jeanne qu'elle était paranoïaque. Aussi Graham appela-t-elle Sarah. Celle-ci confirma l'internement passé de sa cousine mais refusa d'en dire plus.

— C'est trop grave, je ne peux pas en parler pour elle. C'est elle que ça concerne.

Grave ? graves. Graham eut soudainement envie d'un verre de bordeaux. Pourtant, elle ne buvait jamais de vin blanc en hiver. Elle se souvint avec netteté, l'espace d'une seconde, du bouquet fruité du montalivet. Elle en avait bu à L'Écluse, quai des Grands-Augustins à Paris, il y avait très longtemps. Est-ce que le gendarme qui débarquait connaissait ce bistrot ? Graham s'approcha de la fenêtre, regarda un arbre cerné par les voitures sur

le terrain de stationnement. Il ne restait qu'une vingtaine de feuilles rouillées aux branches squelettiques,
mais bientôt des milliers de flocons dormiraient dans
la ramure. Cette année, Graham se raisonnerait ; elle
n'avait plus l'âge de goûter à la neige. D'ailleurs, elle
était meilleure autrefois. La pollution sans doute.

Comme l'avait deviné Rouaix, elle apprit qu'elle travaillait dorénavant avec Moreau. Il était d'une lenteur
exaspérante. Il répétait souvent qu'il aimait réfléchir
avant de passer à l'action. Graham l'écouta distraitement expliquer ses théories, mais approuva sa décision ; ils allaient consulter de nouveau les fichiers de
tous les anciens criminels. Elle tut qu'elle espérait des
informations sur Bernie. Sa déception, après avoir
vainement épluché les fichiers, était si apparente que
Moreau la sermonna paternellement, lui répétant que
leur métier était fait de mauvaises surprises qu'il fallait
accepter. Agacée, elle faillit répliquer qu'au contraire
il fallait tout refuser et continuer à chercher, mais que
ce ne serait pas elle qui lui indiquerait dans quelle
direction ! Elle ne parla ni de Bernie ni de Jeanne.

Graham rappela Sarah en fin de journée : elle allait
demander à Jeanne elle-même pourquoi elle avait été
internée si Sarah n'était pas plus coopérante. Sarah
protesta mais s'exécuta : Jeanne avait poignardé l'amie
de son amant quand il l'avait quittée pour elle. Heureusement, cette dernière n'avait été que légèrement
blessée et s'en était beaucoup mieux tirée que Jeanne
qui avait fait une dépression.

— Elle a mis du temps à s'en sortir, inspectrice, j'espère que vous n'avez pas l'intention de lui reparler de ce triste épisode.

Graham s'amusa des clichés employés par Sarah avant de promettre qu'elle tâcherait d'éviter de remuer ce « passé douloureux ».

Durant la semaine, elle relut les journaux trente fois, revit les comédiens, réentendit le seul témoin visuel qui maintint que le meurtrier était grand et fort, requestionna le légiste, appuya Moreau, qui, bien qu'il n'ait aucune piste, croyait à la névrose obsessionnelle d'un dément. Graham réfléchissait plutôt à celle de Jeanne, se demandant pourquoi elle ne l'avait pas encore interrogée à ce sujet. Elle devait pourtant le faire car l'enquête piétinait. Une tempête de neige et un scandale politique firent la une des journaux, réduisant le drame à un entrefilet ; les reporters n'avaient plus rien à en tirer. Mais les femmes, elles, n'oubliaient pas. Elles évitèrent de traverser les Plaines après seize heures quand la nuit les fond dans une obscurité que trouent seulement les lumières de Lévis, en grappes ou en chapelets, de l'autre côté du fleuve. Du haut des Plaines d'Abraham, la ville semble très loin ; pourtant le traversier met moins de vingt minutes à gagner l'autre rive. Même en plein cœur de l'hiver quand les glaces se fracassent, déchirures blanches qui laissent respirer le fleuve noir où, selon certains, dorment des monstres qui préfèrent les grandes marées aux lacs écossais.

Le Saint-Laurent impressionna le capitaine Larcanche débarqué le 19 novembre à l'aéroport de Mirabel.

C'est ce qu'il confiait à Graham le lendemain. Il avait quitté un Paris humide et froid, triste. Les toits gris des hautes maisons des Grands Boulevards se détachaient à peine d'un ciel maussade, plombé, sale. Seuls les phares jaunes des voitures zébrant d'éclairs la chaussée mouillée apportaient quelque fugitive lueur à la ville sombre. On avait prévenu Larcanche qu'il retrouverait peut-être ce climat détestable à Montréal, mais que ce serait pour un temps seulement. L'hiver succéderait rapidement à l'automne.

— Vous n'avez pas choisi la meilleure période, dit Graham.

— Au contraire, j'aime la neige. J'ai rencontré un ami dans l'avion qui m'a dit que les centres de ski étaient à moins d'une heure de la ville.

— Un ami ?

— Oui, vous le connaissez peut-être : Frédéric Guichard. Il est comédien…

— Frédéric Guichard ? Vous le connaissez ? bredouilla Graham. Je l'admire beaucoup. Comment l'avez-vous rencontré ?

— Il y a deux ans, sa maison de campagne a été cambriolée. Tout s'est bien terminé, on a sympathisé. Il adore le Québec, il aime le patin à glace.

— Je préfère la raquette, commença Graham, mais son patron l'interrompit.

Tous les journalistes conviés étaient arrivés ; il allait présenter le capitaine Larcanche. Ce dernier était en visite au Québec pour expliquer le système Saphir qui avait fait ses preuves en France et le comparer aux systèmes existant déjà en Amérique du Nord. Cet ordinateur sophistiqué permettait d'obtenir des informations en quelques secondes, des secondes qui pouvaient sauver la vie d'un gendarme.

— Par exemple ? demanda Graham.

— Supposez que vous êtes en voiture et que celle qui vous précède vous semble suspecte. Vous pianotez sur le mini-ordinateur installé à côté du volant et vous demandez des informations au fichier central : y a-t-il eu des vols de voitures dans la région récemment ? Un hold-up ? Un rapt ? Votre écran l'affichera immédiatement. Si vous apprenez que le conducteur est peut-être l'auteur d'un cambriolage à main armée, vous ne l'aborderez pas de la même manière que s'il s'agit d'un type qui n'a pas payé ses contraventions.

Graham écouta attentivement le capitaine vanter les mérites de ce système auquel il avait tant travaillé. Recruté à sa sortie d'une grande école de génie informatique, il s'était tout de suite plu à la gendarmerie. Son travail au fichier central de Rosny-sous-Bois était vraiment utile au déroulement des enquêtcs, à l'organisation des secours, à la surveillance générale et lui permettait de garder les pieds sur terre, d'être en contact avec la réalité. Il lui évitait de correspondre au mythe du savant fou. Pourtant, savant il l'était : la mise au point du Saphir le prouvait, mais Graham reconnut qu'il s'cxprimait très simplement pour un spécialiste.

Quand le capitaine eut terminé son exposé, Graham applaudit. Un journaliste eut un petit rire avant que son flash crépite. Graham demeura impassible mais elle ne le quitta pas des yeux avant la fin de la réunion. Le journaliste, embarrassé, décida de la provoquer.

— Alors ? Vous n'avez toujours rien trouvé pour Élodie Cartier ? C'est la pleine lune bientôt... Je me demande si le maniaque ne recommencera pas, et vous ?

Graham fut incapable de répondre. Si, elle avait peur, terriblement peur que le fou ne commette un nouveau meurtre. Si, elle se sentirait responsable, car elle était chargée d'une enquête qui n'aboutissait pas. Si, elle avait rêvé d'Élodie Cartier qu'on avait étranglée avant de la barbouiller de terre et de lui couper les cheveux. Puis elle avait rêvé qu'elle était chauve et qu'Yves la quittait parce qu'il ne pouvait plus enfouir son visage dans sa chevelure. Elle avait coupé ses cheveux après son départ, ils atteignaient à peine ses épaules. Elle les avait gardés longs, croyant lui plaire, mais elle s'était trompée. Yves vivait maintenant avec une fille dont les cheveux ne dépassaient pas trois centimètres. Graham comprenait parfois Jeanne d'avoir voulu tuer l'autre femme.

CHAPITRE 9

Silencieuse aux côtés de Moreau, Graham souhaitait qu'il neige. Une neige moelleuse comme celle du mardi précédent, la première à rester enfin sur le sol glacé. Mais le vent ne déplaçait pas le moindre flocon et le ciel d'un bleu de Prusse n'annonçait aucune tempête. Sauf celle qui secoue peut-être certains êtres à l'apparition de la pleine lune. Son chat Léo avait miaulé longuement alors que le disque d'argent s'élevait dans un ciel d'encre, le perçant d'une lumière laiteuse, mais il devait protester parce qu'elle l'abandonnait pour la soirée.

Maud Graham patrouillait sur les Plaines avec Moreau quand un appel radio leur apprit qu'une femme avait été étranglée dans un parc de stationnement désert. Moreau qui lui répétait qu'il ne se passerait rien sur les Plaines et qu'ils perdaient leur temps souligna, satisfait:

— Tu vois, j'avais raison.

— Tu es content? marmonna Graham mais Moreau ne l'entendit pas.

Il était deux heures du matin. Les rues de Québec étaient désertes, ils ne firent pas hurler la sirène. Quand ils arrivèrent sur les lieux du crime, les reporters avaient déjà pris des photos du corps. « Ça vous plaît ? » faillit demander l'inspectrice mais elle savait qu'elle ne devait pas laisser libre cours à sa colère. Des dizaines de nuits sans sommeil où, hagarde, elle venait respirer l'odeur poisseuse du sang encore chaud, examiner les blessures faites avec les armes les plus diverses, renvoyer la foule de curieux enthousiastes à l'idée de se lever à quatre heures, de patauger dans la boue pour regarder un cadavre et pouvoir en parler le lendemain à la pause-café, des dizaines de nuits sans réponse à la cruauté humaine mais surtout à la bêtise, exigeraient des réponses : la colère ne lui en apporterait aucune.

Alain Gagnon vint vers Graham, compatissant ; le légiste devinait son malaise. Son sentiment d'impuissance. Elle serrait tant les lèvres qu'elles étaient blanches comme l'étendue qui brillait sous les feux des projecteurs éclairant le corps.

— C'était le même type, inspectrice Graham.

— Des traces de lutte ?

— Pas cette fois. On l'a attrapée par-derrière, comme l'autre, mais sans la frapper. On lui a aussi jeté de la terre. Et on lui a coupé les cheveux. Qu'a-t-elle pensé pour traverser un pareil endroit à cette heure ?

— Que le tueur hanterait les Plaines. Comme moi, dit Graham, cynique. À quelle heure remonte la mort ?

— Avec la neige, c'est difficile à dire… C'est possible qu'on l'ait tuée avant minuit.

— Bon, bon, répéta Graham. Pas de viol.

— Pas aux premières constatations. La dernière fois non plus.

— Je sais, le coupa Graham. Je sais ça : mais le type a pu être interrompu : peut-être voulait-il violer sa victime après l'avoir étranglée ?

— Pourquoi voulez-vous toujours qu'on viole les victimes ? demanda Alain Gagnon qui regretta aussitôt sa question.

Le regard de Graham subitement vitreux le paralysa ; il vit dix, vingt, trente, cent femmes aux corps disloqués, tordus, jambes ouvertes, noyées dans leurs larmes, étouffées par leurs cris sourds. Il s'excusa :

— Je sais, je sais, vous ne voulez pas, moi non plus. Je me suis mal exprimé…

Les femmes s'effacèrent dans la pupille de Graham.

— Si on les violait, il y aurait une raison à cette mise en scène macabre. Le coupable voudrait faire croire à un maniaque, un illuminé pour camoufler un viol banal en crime rituel. Sans viol…

Graham s'interrompit : elle n'avait jamais entendu parler de violeurs qui prennent autant de précautions pour arriver à leur fin sordide. Bien sûr, beaucoup connaissent leur victime avant de perpétrer leur crime, mais aucun ne prévoit une telle mise en scène ; le viol s'accomplira simplement : la femme résistera un peu, mais peu. Ne rêvent-elles pas toutes d'être prises de force ?

Un des policiers qui était arrivé sur les lieux avant l'inspectrice se dirigeait vers elle.

— J'ai trouvé ça. Il tendait un gant d'homme noir usé et décousu en deux endroits. Graham le regarda alors qu'il le déposait dans un sac plastique.

— Si c'est au meurtrier, le type n'est peut-être pas si bâti qu'on le pensait ou que votre témoin l'a prétendu, dit Alain Gagnon. C'est le gant d'une main de taille moyenne, même petite. Mais on peut avoir des petites mains et être grand.

— Vous ne m'aidez pas beaucoup, fit Graham avec humeur.

— Ce n'est pas facile de vous aider, répondit le légiste doucement.

En notant qu'on ne s'était pas adressé à elle depuis longtemps sur ce ton, Graham se détourna pour revoir le cadavre. Les cheveux sauvagement coupés emplissaient la bouche roide de la victime ; châtains, bouclés, on aurait cru des serpents qui s'échappaient des entrailles de Marie-France Dupont, fuyant la mort qui refroidissait le corps. Les traces de terre qui maculaient son visage accentuaient son expression étonnée ; elle n'avait jamais pensé qu'elle mourrait loin de son pays, dans une contrée gelée, un soir de pleine lune. Elle croyait à l'influence de l'astre sur le comportement humain et animal, mais elle n'avait jamais soupçonné que ses croyances étaient à ce point fondées et qu'elle ne pourrait pas en témoigner.

— Des témoins ? demanda Graham.

— Non.

— Bon.

— Je…

— Oui ?

— Rien, murmura Alain Gagnon.

Comment faire comprendre à cette femme qu'il voulait sincèrement la seconder ? Qu'il tenait à découvrir l'indice qui permettrait d'arrêter le meurtrier ? Elle le remarquerait peut-être alors, elle lui parlerait un peu plus, comme à ce capitaine français… Graham l'intriguait, le fascinait, si intense et terriblement réservée. Il avait cru plus tôt qu'elle allait le mordre quand il avait si maladroitement parlé des viols, mais elle s'était contenue comme si elle redoutait d'être entraînée par l'émotion. Elle devait maîtriser ses colères et ses peurs ; l'assassin la terrorisait, car il avait répété son crime, signifiant ainsi qu'il pourrait y avoir une troisième, puis une quatrième ou une cinquième victime. Ce n'était plus l'acte horrible et isolé, ponctuel d'un dément, mais une démarche orientée, terrifiante.

Le jeune légiste voulut toucher l'épaule de Graham, gentiment, mais elle sursauterait sûrement et, d'ailleurs, elle le quittait déjà sans un mot. Elle se rapprochait une dernière fois du corps avant qu'on ne le recouvre. Elle craignait toujours qu'un détail capital ne lui échappe avec le cadavre. Une mèche sombre tomba sous le brancard et Graham se pencha pour la ramasser. Dans sa main nue, l'épi eut un mouvement quand elle le prit, comme si la vie s'était réfugiée dans la chevelure. L'inspectrice sentit sa gorge se nouer de rage. Quand elle se releva, elle constata que Moreau faisait déjà des déclarations aux journalistes, leur spécifiant toutefois qu'il ne pouvait divulguer certaines informations, les parents de la malheureuse n'ayant pas encore été avertis.

Un permis de conduire trouvé dans le fourre-tout de la victime avait révélé que Marie-France Dupont, Française, vivait au Québec depuis quelques années et qu'elle habitait non loin des lieux du crime. Son meurtrier l'avait-il longuement surveillée ? Un texte photocopié d'une pièce de Molière, un essai sur Brecht, un sur Pinter, un numéro spécial du *Monde* sur le théâtre, laissaient penser qu'elle était comédienne. Les chefs de pupitre auraient l'embarras du choix pour la une durant la nuit : PANIQUE AU THÉÂTRE !, ou L'ÉTRANGLEUR DES STARS, ou ATTENTION COMÉDIENNES, LA MORT VOUS GUETTE, ou LES CHEVEUX DU MALHEUR, ou SON DERNIER RÔLE, ou NOS ACTRICES EN DANGER ! Le lendemain, on pourrait compter sur de nombreux témoignages d'admiration, de douleur et surtout de peur. De la copie pour une semaine au moins.

Plus tard, dans la voiture, Moreau expliqua à Graham qu'il valait mieux aller au-devant des reporters que de les fuir car, de toute façon, il faudrait bien leur parler. Elle trouva inutile de lui exposer qu'il était vain de donner la vérité en pâture aux vautours ; ils la déchiquetaient, la déformaient. Elle savait aussi que Moreau pouvait lui rappeler que des journalistes l'avaient aidée. Ils avaient annoncé, sur son information, que des crédits avaient été votés par la Ville pour mettre sur pied un centre d'écoute pour les victimes de viol, d'inceste, alors que le projet n'avait été que déposé. Les autorités s'étaient inclinées, redoutant de décevoir la population s'ils démentaient la nouvelle.

Graham se contenta de dire à Moreau qu'elle n'aimait pas beaucoup discuter, ni avec des journalistes, ni avec personne d'autre. Moreau crut qu'elle parlait de sa timidité.

CHAPITRE 10

La panique suscitée par l'annonce de ce deuxième meurtre fut telle que Graham l'avait craint. Le lendemain du crime, elle ne résista pas à l'envie de fumer une cigarette, qu'elle écrasa aussitôt, prise de remords. Elle savait bien que la tentation la harcèlerait dès qu'elle vivrait une situation difficile, mais elle n'avait pas appréhendé un cas aussi tragique que celui d'un maniaque errant dans la ville. À la conférence de presse, Moreau répéta ce qu'il avait dit la veille entre deux cigarettes et Graham constata qu'il n'y avait qu'elle et le capitaine Larcanche qui s'abstenaient de tabac. Avait-il arrêté lui aussi ? Elle lui posa la question en sortant de la salle de réunion.

— Oui, depuis six mois.

— Oh ! moi, ça fait un peu plus d'un mois ! J'en meurs d'envie aujourd'hui.

— Moi aussi.

— On en a encore envie après des mois ?

Samuel Larcanche eut un demi-sourire.

— Vous en aurez envie toute votre vie, faites-vous à l'idée…

— Ah ! Que vous a-t-on dit à l'ambassade ?

— La même chose qu'à vous, les parents arrivent par le premier avion.

— Je vais changer de métier, souffla Graham.

— Je les verrai avec vous si vous le désirez. Je suis français, comme eux, ils se sentiront peut-être moins perdus. Je ne sais pas…

— Oui, j'espère. Ils auront confiance en vous. Ils aimeront qu'une autorité de leur pays soit sur place pour suivre l'enquête. Ça les soutiendra peut-être un peu.

— Ça ne vous ennuie donc pas que je m'en… mêle ?

— Non. Mon patron ne veut pas d'ennuis avec l'ambassade. Moi non plus. Je veux conserver cette enquête. Et je n'ai rien trouvé en un mois. Rien.

— Ça peut être long parfois, plaida le capitaine. Qu'allez-vous faire ?

Graham soupira, expliqua qu'elle reverrait tous les comédiens : qui détestait à ce point les actrices pour les assassiner ? Est-ce que Jeanne s'était aussi brouillée avec Marie-France Dupont ? Pour défendre sa chère Sarah ? Il fallait maintenant remuer le passé.

— Ce qui me surprend, voyez-vous, c'est que vous n'ayez pas reçu de lettre pour revendiquer le meurtre. C'est pourtant un crime sensationnel, fait pour attirer l'attention, dit le capitaine.

— Vous avez déjà enquêté sur des crimes rituels ?

— Oui, deux fois. Les gendarmes travaillent beaucoup en milieu rural où on est parfois plus superstitieux. Les meurtres avec mise en scène macabre sur lesquels j'ai travaillé étaient cependant différents des vôtres.

— En quoi ?

— Ils étaient à caractère religieux. Avec des bougies, des cierges, des crucifix, des poupées transpercées d'aiguilles, des talismans... Des mèches de cheveux, oui, mais fixées à un mannequin. Je ne comprends pas ce que veut signifier votre criminel.

— Qu'on en veut aux comédiennes. Mais pourquoi ?

— Y aurait-il des gens encore assez bêtes pour croire que les artistes mènent une vie dissolue ?

— Vous suggérez un redresseur de torts qui ferait la morale ? Qui se sentirait désigné pour accomplir une mission d'assainissement ? Peut-être, mais aucun indice ne permet de l'affirmer dans notre enquête.

Graham s'aperçut qu'elle avait dit *notre* enquête et elle rougit. Le capitaine regarda dans une autre direction et Graham songea qu'elle aimait bien cette manie qu'il avait de tourner si souvent sa tête blonde. Elle n'avait jamais travaillé avec un homme qui ait les cheveux aussi clairs et les yeux aussi noirs. Le contraste était séduisant, car le velours de l'œil contrait la fadeur d'une chevelure trop pâle. Pâle, non, pensa Graham, ses cheveux sont dorés. Mais pas du même or que ceux d'Yves. Ceux d'Yves étaient jaune brûlé, ceux de Larcanche paille, plus brillants. Elle s'empourpra de nouveau, car elle avait comparé le capitaine à son ancien amant. Elle observa Larcanche à la dérobée ; d'une telle blondeur, ça devait paraître énormément quand il rougissait. Pour Sarah aussi ; ses cheveux, son teint étaient clairs. Elle la reverrait bientôt.

Un journaliste la tira de ses réflexions sur la rubéfaction.

— Que pensez-vous de ces meurtres ?

— L'enquêteur Moreau, mon collègue, vous a tout dit.

— Non, je veux votre avis en tant que femme. En tant que féministe ; on sait que vous défendez des causes…

Elle faillit demander pourquoi on ne l'interrogeait jamais au sujet des budgets décidés par la Ville ; elle avait aussi son idée de féministe là-dessus. Une triste idée ; de plus en plus de femmes étaient itinérantes, euphémisme particulièrement hypocrite pour déguiser une vérité sordide : congédiées des institutions psychiatriques, jetées à la porte d'un logement trop coûteux, mises à la rue par un conjoint trop violent, les itinérantes erraient entre deux refuges qui ne pouvaient les accueillir, faute de place. Fouillez les poubelles ou faites le trottoir. La plupart avaient été victimes d'agression sexuelle dans leur vie, la misère s'ajoutait ensuite au plus profond des mépris. La prostitution n'était pas une bonne solution, mais la seule. Grégoire. Grégoire n'était pas si pauvre mais pour combien de temps ? Combien de temps allait-il plaire encore avant d'être complètement détruit ? Graham s'inquiéta de s'inquiéter encore pour cet adolescent qu'elle n'avait vu que deux fois. Elle faillit dire au journaliste qu'elle ne prenait pas seulement la cause des femmes puisqu'elle s'intéressait aussi à la prostitution masculine mais elle se tut. À quoi bon ? Excepté les assistantes ou les travailleurs sociaux, quelques psychologues, certains avocats, une juge extraordinaire au tribunal des enfants, des policiers comme Rouaix et les bénévoles, personne n'avait vraiment envie de s'engager, de modifier, même prudemment, les structures.

Quand Graham avait suggéré d'utiliser un immeuble vide de la rue Saint-Joseph en local de secours, on lui avait expliqué que des crédits avaient été accordés le printemps précédent pour son centre d'écoute. Plusieurs citoyens, de plus, refusaient le voisinage de ces êtres en détresse : des folles, des prostituées, des alcooliques, des femmes qui ne savent même pas s'occuper de leurs enfants puisqu'on finit par les leur retirer. Leurs maris avaient peut-être tort de les battre, c'était dommage en effet, les gens compatissaient mais pas au point d'accepter la proximité douteuse des sans-abri.

Graham soupira, dit au reporter qu'en tant que femme, elle se sentait très concernée, que ce n'était pas pour rien qu'elle était chargée d'une telle affaire. Elle était doublement motivée. Et maintenant, si on voulait bien l'excuser, elle avait du travail.

— C'est vrai qu'on a trouvé un gant d'homme ?

— Mon confrère vous l'a dit.

— Et les traces de bottes ; vous êtes d'accord avec l'hypothèse que l'assassin est un homme de taille moyenne ?

— On vous a déjà tout dit, répéta Graham.

— Mais c'est vrai ou non ?

— Demandez à l'enquêteur Moreau.

— Avez-vous des conseils à donner aux femmes ?

Elles sont très inquiètes, j'en ai rencontré plusieurs et...

— Que voulez-vous que je vous dise ? murmura Graham. Qu'elles ne doivent plus sortir seules le soir, ni circuler librement, qu'elles ne doivent plus s'amuser, rire, boire ailleurs que chez elles, qu'elles doivent se méfier de tous les hommes, qu'elles peuvent être victimes, qu'elles seront toujours des proies même si on arrête le meurtrier, qu'elles devraient toutes apprendre le karaté, que leurs bombes paralysantes peuvent être utilisées contre elles, que... Rien ! Je n'ai rien à déclarer.

Elle planta là le journaliste médusé avant de fuir vers son bureau. Pourquoi s'était-elle excitée ainsi ? Depuis qu'elle avait cessé de fumer, elle s'énervait plus facilement, elle le savait bien mais qu'aurait-elle dû dire à ce journaliste ? Personne ne pouvait deviner mieux qu'elle la peur des femmes ; au poste, elle accueillait depuis des mois des victimes de tout âge, toute condition, elle savait bien qu'elles n'oublieraient jamais le poids monstrueux de l'agresseur sur elles, la douleur des coups, l'humiliation, la terreur. Graham savait que les femmes marcheraient plus vite dans les rues, oppressées. Elle aussi l'était. Elle devait s'efforcer de respirer normalement, lentement, profondément. Freiner la panique. Le découragement. Elle aurait l'assassin. Personne ne terroriserait plus longtemps sa ville. Et elle ne recommencerait pas à fumer, non. Même si elle tournait en rond dans son bureau comme une bête en cage. Elle finit par en sortir.

Elle se dirigea vers les distributeurs. Café, mais aussi sandwichs, yogourts, chips, chocolats et fruits. Elle hésitait depuis cinq minutes entre une barre Mars et des croustilles aromatisées au ketchup quand Samuel Larcanche la rejoignit.

— Vous voulez un café ? lui offrit-elle.

— Oh non ! dit-il en grimaçant.

Sa moue, son sourire, sa démarche, avaient quelque chose d'enfantin ; une certaine prestance toute militaire n'empêchait pas une juvénile spontanéité. Larcanche s'exprimait oralement et physiquement avec beaucoup d'aisance, de naturel. Graham l'envia. Elle se savait souvent gauche de rigidité. Mais comment pouvait-il être détendu, souriant, après la découverte du corps de sa compatriote ? Une pointe d'agressivité perçait dans sa voix quand elle lui demanda pourquoi il n'aimait pas le café. Il s'en amusa.

— Mais j'adore le café, seulement ça, ce n'est pas du café. J'aurais envie d'un espresso.

— Mais il y en a au Québec, on a prévu votre visite.

— Je pense que ce n'est pas le moment de vous inviter, dit le capitaine en s'éloignant. C'est mauvais pour la santé, dit-il en tapotant le distributeur.

Graham haussa les épaules mais attendit qu'il ait disparu pour introduire des pièces de monnaie dans l'appareil. Elle appuya sur un bouton, mais rien ne vint. Elle pressa la manette pour récupérer ses pièces, mais vainement. Elle remit des pièces : la machine les avala mais ne rendit aucun sac. Graham s'énerva, donna un coup sec sur le bouton, sur la manette, sans résultat. Elle tapa alors sur les côtés du distributeur faiblement puis de plus en plus fort. Un coup de pied, puis un autre, un coup de poing, plus haut, plus bas, avec toute la rage désespérée qui l'habitait depuis la découverte du corps de la deuxième victime. Le patron allait-il lui laisser l'enquête ? Devait-il le faire ? Pourquoi n'avait-elle rien décidé depuis le début de la journée ? Elle était restée à son bureau, à faire semblant de regarder ses dossiers comme autrefois à l'étude, au couvent. Les cahiers grands ouverts devant elle, Maud se composait un air appliqué pour rêver en paix aux futures filatures, à l'arrestation des criminels, aux brillantes déductions. Elle rêvait maintenant au temps où elle rêvait. Elle ne savait pas à cette époque-là qu'elle vivrait des journées d'hésitation telles qu'elle en serait malade d'angoisse. À force de se demander si elle devait suggérer qu'on triple les patrouilles ou continuer à interroger tous les artistes de la ville, elle en avait mal au cœur. Pourtant, quand le distributeur vaincu laissa tomber des chips barbecue, des chips au vinaigre, à la crème sûre et à l'oignon, à l'hickory, ordinaires et au ketchup, Graham s'empara des six sacs et les rapporta à son bureau, à la fois honteuse et soulagée. Elle songea qu'il n'y avait aucun lien logique entre l'assaisonnement piquant des chips et cet arbre, voisin du noyer, l'hickory, qu'on utilise dans la fabrication des skis et des canoës. Pas plus qu'entre l'assassinat de Marie-France Dupont et les déclarations de Jeanne Duroy au sujet d'Élodie Cartier. Elle termina le sac

de croustilles avant d'enfiler son manteau, enfin décidée, débarrassée de cette poisseuse perplexité qui
l'étouffait depuis des heures. Elle courut presque à
sa voiture.

CHAPITRE 11

Bernie Smith entrait dans l'immeuble quand Graham arriva. Il lui sourit largement mais elle crut tout de même un instant être en présence d'un mannequin aux yeux peints, inertes, morts. Elle refusa la tasse de café qu'il lui offrit et frappa à la porte de Jeanne en sachant qu'il ne la quittait pas des yeux. Elle plaignit sincèrement Jeanne d'avoir un tel voisin ; rien ne déplaisait plus à l'inspectrice que cette curiosité. Mais on ne choisit pas ses proches. Elle-même avait à subir les interrogatoires de certains des siens, aussi poussés que ceux qu'elle faisait subir aux témoins d'une affaire de meurtre. Les meurtres, d'ailleurs, excitaient les gens qui se flattaient d'aider Graham par des observations incontestablement justes. Elle était si distraite par ses réflexions sur la promiscuité qu'elle fut surprise de découvrir Jeanne plutôt qu'un de ses voisins derrière la porte entrouverte. Elle remarqua les yeux rougis et les ongles rongés jusqu'au sang.

— Vous étiez très amie avec Marie-France Dupont ?

— Oui et non, fit Jeanne. Tout le monde aimait cette fille. Vous verrez en interrogeant... Je ne dis pas qu'elle était parfaite. Elle nous aurait énervés. C'est détestable, la perfection. Les gens toujours gentils.

Mme Larochelle avait dit la même chose en parlant de Bernie, et le scénographe au sujet de Jeanne : d'une gentillesse incroyable avec sa cousine.

— C'est vrai, convint Graham. Les gens trop aimables me sont souvent suspects. Donc Marie-France était…

— Prompte, soupe-au-lait. Ça nous faisait rire.

— Nous, c'est qui ?

— Sarah, Suzanne, Pierre, Florence, les comédiens qui ont travaillé avec elle à un moment ou à un autre.

— Mais vous n'étiez pas intime avec elle ?

— Non.

— Elle est partie un peu avant vous de ce bar, c'est ce qu'on m'a dit.

— C'est vrai.

— Comme Élodie Cartier. Vous l'avez suivie ?

Graham lut moins d'indignation que d'angoisse dans les yeux de Jeanne.

— De quoi avez-vous peur ?

— Moi ?... De… de l'assassin… Je n'ai pas suivi Marie-France, mais j'aurais dû.

Graham haussa les épaules.

— Peut-être seriez-vous morte aussi ?

— Moi ? Moi ? bégaya Jeanne. Mais pourquoi ?

— Pourquoi Élodie ? Pourquoi Marie-France ? Vous n'avez pas une idée ? Quel lien existait-il entre elles ?

— Élodie était allée chez des amis de Marie-France, en Europe… C'est tout ce que je peux trouver. Vous croyez qu'il y a un secret entre elles et l'assassin ?

— On a tous des secrets, répondit Graham, non ?

— Je ne sais pas.

— Est-ce que Marie-France était amie avec Sarah ?

— Amie ? Non, je suis sa seule amie. Mais elles s'entendaient très bien. Très différentes physiquement, on ne pensait jamais à elles pour les mêmes rôles. Ça rassurait Sarah ; Marie-France ne pouvait pas lui nuire.

— Il y a beaucoup de gens qui peuvent lui nuire ?

— Non, il ne faut pas voir ça comme ça. Sarah a beaucoup de talent mais il faut constamment le lui répéter ; elle n'est jamais sûre de rien. Le public l'aime, les critiques la flattent régulièrement mais ce n'est pas assez, ce n'est jamais assez…

L'incertitude s'empara de nouveau de Graham ; Jeanne voulait-elle dire que Sarah était capricieuse ou la plaignait-elle d'avoir si peu confiance en elle ? Jeanne tortillait le bout de sa tresse brune depuis l'arrivée de Graham.

— Pourquoi s'inquiète-t-elle tant de plaire ?

Jeanne secoua la tête, la natte glissa sur son épaule.

— Elle a peur d'être abandonnée, j'imagine.

Non, elle n'imaginait pas, elle savait. Que le père de Sarah était un joueur, qu'il hantait les hippodromes, qu'il gagnait et perdait gros, qu'il disparaissait durant des semaines et revenait les bras chargés de cadeaux pour sa Sarah adorée. Qu'il n'aimait pas assez pour rester près d'elle quand il entendait le signal du départ. Mais il reviendrait le lendemain, il le jurait, la fortune lui sourirait. Vrai, il pensait souvent à Sarah.

— Qu'est-il devenu ?

— Il vit en Floride ; il s'est un peu calmé.

— Et votre tante ?

— Une sainte.

Était-elle si admirable ? Était-ce à une mère trop parfaite ou à un père absent que Sarah voulait plaire ? Et Jeanne, qui voulait-elle séduire ? Le scénographe avait bien dit qu'elle aimait susciter le désir et y répondre. Et Marie-France Dupont ?

— Qui était intime avec la victime ?

L'assonance amusa le mainate qui tenta de l'imiter. Puis il roucoula, siffla.

— Comment l'avez-vous dressé ?

— Il vivait avant chez un ornithologue qui enregistrait des chants d'oiseaux.

— Il parle beaucoup ?

— Par périodes... Difficile de prévoir. Vous voyez la cloche qu'il y a dans sa cage ? C'est Marie-France qui la lui a offerte quand elle est venue dîner cet été.

— Elle surveillait sa ligne à l'époque ?

— Comment le savez-vous ? demanda Jeanne, stupéfaite.

Graham expliqua qu'elle avait trouvé un carnet où Marie-France notait chaque jour les aliments qu'elle consommait et les calories qu'ils contenaient. Jeanne, elle, ne semblait pas avoir de problème de poids. Manger avec des baguettes chinoises l'aidait sûrement, continuait Graham. Tous les diététiciens affirment qu'il faut manger lentement.

— C'est vrai que vous croyez à la réincarnation ?

Jeanne eut un soupir excédé.

— Je n'ennuie personne avec ça.

— Ça m'intrigue, c'est tout, fit Graham. Moi aussi, je me demande parfois d'où je viens.

— Ah oui ?

— Qui peut prouver qu'il n'y a pas de vie après la mort ? Personne ne revient du cimetière pour nous le dire.

Ni Élodie ni Marie-France ne quitteraient la terre glaciale où elles avaient été ensevelies pour dévoiler le nom de leur assassin à l'inspectrice. Les iris aux si délicats pétales gèleraient les premiers sur leurs tombes, imités très vite par les bruyères, les statices, les œillets, les tulipes, les glaïeuls, les roses, les chrysanthèmes, les gerberas, les lis blancs, orangés, tigrés, les marguerites, les lupins, les fougères, les jonquilles, et les oiseaux du paradis qui regretteraient leurs Antilles natales en se momifiant sous les mortelles atteintes du froid.

— Vous croyez donc à la métempsycose ?

Davantage aux psychoses ; un dément avait tué deux femmes avant de leur couper les cheveux et de les maculer de terre ; étaient-ce des décorations guerrières, une manière de scalp ou voulait-il dénoncer des coquetteries qu'il jugeait répréhensibles ? Ou enviait-il ces abondantes chevelures ? Quel traumatisme avait-il subi pour en arriver à saccager à grands coups de ciseaux les mèches blondes ou brunes ?

— Parlez-moi donc de cette femme que vous croyez avoir tuée ?

— Je vois qu'on vous a bien renseignée, remarqua Jeanne avant de raconter qu'elle avait enfoncé un très long poignard entre les côtes de Josephina del Castino, à Florence, en 1638. Elle avait ensuite essuyé le fer rougi sur la robe de velours vert de l'Italienne. Elle avait eu autant de satisfaction à gâcher le tissu qu'à éliminer la maîtresse de son mari.

Jeanne eut un long silence. Croyait-elle réellement à la réincarnation ou était-ce sa manière de déguiser le drame qui l'avait conduite à l'asile ? Les deux peut-être ?

— Vous croyez qu'il vous arrivera malheur si vous touchez à un couteau ?

— Oui… Je suis allée à Florence, j'avais toujours l'impression que des fantômes allaient surgir et se venger. Dès que je vois un couteau, je perds tout contrôle… Je ne peux pas me raisonner.

— Il y a longtemps que vous croyez à la réincarnation ?

— Des années. Je n'ai jamais aimé les armes blanches et je m'explique mieux maintenant cette horreur des couteaux… Qu'on rie de moi, tant pis.

— Sarah se moque de vous ?

— Non.

— Les ciseaux vous effraient aussi ?

Jeanne frémit de nouveau comme seule réponse.

— C'est pourquoi vous ne coupez jamais vos cheveux ? Ils sont vraiment très longs. Vous devriez les relever en chignon serré quand vous sortez. Même si…

— Si ?

— C'est peut-être une précaution inutile ; si le meurtrier vous connaît déjà.

— Me connaître ? C'est ridicule, protesta vivement Jeanne.

Jeanne avait attrapé sa tresse et la serrait entre ses poings fermés. La mèche sombre contrastait avec la blancheur des jointures.

— C'est possible.

— Mais je ne suis pas comédienne !

— Justement, c'est peut-être un hasard que les victimes soient toutes deux comédiennes, dit Graham qui n'en croyait rien.

Elle s'arrêta devant la cage du mainate avant de partir. Il siffla comme les employés des chemins de fer, les ouvriers de la construction, les hommes aux terrasses des cafés, les clients d'un restaurant, les inconnus de la rue, le premier patron de Graham et quelques-uns de ses collègues quand une belle créature passe devant eux.

— Salut bébé, dit Othello.

Graham interdite n'eut pas le temps de réagir que Jeanne grondait son oiseau.

— Il a entendu tout l'été le voisin d'en face siffler les filles ! Othello n'oublie malheureusement pas ce qu'il apprend…

— Mais il n'a pas les pattes baladeuses, lui. C'est toujours ça de gagné.

Graham sortit, maudissant les jours qui raccourcissent si vite en décembre. Le crépuscule pénétrait la neige d'une teinte céruléenne dès quinze heures et la nuit qui s'emparait du sol, dédaignant le ciel pour un temps encore, inquiétait les femmes solitaires. Elles ne voyaient désormais que des silhouettes menaçantes autour d'elles. Les hommes sentaient leur effroi ; certains voulaient les rassurer, d'autres s'en amusaient. Comme Bernie, aurait juré l'inspectrice. Il la guettait à la fenêtre quand elle descendit les trois marches de l'immeuble. Il souriait. Satisfait. Comme s'il avait remporté une victoire. Laquelle ? Graham ne se fiait pas aux apparences mais à son instinct, et ce n'était donc pas la laideur, l'aspect déplaisant de Bernie qui la tracassait, mais le malaise qui perdurait bien après qu'elle l'eut rencontré. Non, Jeanne ne pouvait pas apprécier cet homme malsain. Et probablement rusé. S'il avait commis quelque acte criminel, il n'avait jamais été arrêté, et Graham ne pouvait s'appuyer sur un passé qu'elle soupçonnait pour lui faire avouer le présent, révéler l'avenir.

CHAPITRE 12

Malgré un profond sentiment de culpabilité, Graham ouvrit le tiroir de son bureau pour en tirer un sac de chips au ketchup. Elle déplora pour la centième fois que ce ne fussent pas des Frito-Lay, plus croustillantes, moins grasses, mieux épicées. Elle grattait le fond du sachet quand le téléphone sonna. Elle s'étouffa quand elle entendit la voix du capitaine Larcanche. Mais déjà il s'excusait, il s'était trompé de poste.

Graham retira son pull après avoir raccroché le récepteur; elle aurait peut-être dû demander à Larcanche s'il avait réussi à boire un espresso. Elle avait l'impression qu'il avait eu envie de lui parler mais qu'il s'était ravisé. Rouaix lui aurait dit qu'elle était parfois idiote. Elle regarda le calendrier; son partenaire habituel reviendrait dans trois semaines. Il lui manquait. Elle était stupide de refroidir le capitaine; il ne demandait peut-être qu'à l'aider.

Moreau poussa la porte du bureau alors que Graham froissait son sac de croustilles vide. Il marchait d'un pas lourd, imposant, étonnant pour un homme de sa taille. Il pesait soixante-dix kilos pour un mètre soixante-dix-sept. Graham était persuadée qu'il avancerait de plus en plus pesamment au fur et à mesure que l'enquête prendrait de l'importance. À chaque entrevue avec les journalistes, Moreau semblait se gonfler de satisfaction. S'il pouvait éclater comme la grenouille, souhaita Graham en prenant le dossier qu'il lui tendait avec autorité.

— Tu verras que je n'ai pas chômé. J'ai interrogé tous les gens qui étaient au café avec elle avant qu'elle rentre. Et tous ses voisins. On a maintenant quatre personnes qui prétendent avoir vu notre gars.

— Où ?

— Près de chez elle ! L'individu recherché serait de taille moyenne. Il portait des lunettes et un chapeau, une canadienne foncée. On travaille au portrait-robot. Toi, tu as seulement vu cette Jeanne ? J'ai trouvé ta note. Tu as appris quelque chose ?

Graham secoua la tête négativement, Moreau se retenait de jubiler.

— Je pense qu'on va diffuser le portrait-robot demain. Le patron est d'accord.

Si le patron était d'accord, pourquoi Moreau quêtait-il l'approbation de Graham ? Il se foutait bien d'elle depuis le début de leur *collaboration*, pourquoi changeait-il d'attitude ?

— Est-ce que le capitaine Larcanche t'a invitée ?

— Invitée à quoi ?

— Il voulait t'emmener au restaurant. C'est la galanterie des vieux pays, mais il voulait savoir si ça se faisait ici. Je lui ai dit de s'arranger avec toi. Je n'aurais peut-être pas dû t'en parler…

Sa mine réjouie niait tout regret ; Graham comprendrait peut-être enfin qu'elle était si peu aimable qu'aucun homme ne voulait passer une longue soirée avec elle pour entendre parler des problèmes féminins. À sa grande déception, Graham sourit énigmatiquement, affirmant qu'elle n'aurait pas eu le temps de sortir avec Samuel Larcanche. Elle allait passer la soirée au poste. Moreau grimaça ; devait-il faire des heures supplémentaires aussi ? Il avait prévu de jouer au tennis à vingt heures. Et si Graham découvrait quelque chose en son absence ? Elle le rassura en lui précisant qu'elle voulait lire les déclarations qu'il avait recueillies. S'il voulait jeter un coup d'œil aux notes sur Jeanne Duroy. Rien d'intéressant… Une femme bizarre qui croit à la réincarnation.

— Toi qui as les pieds sur terre, Moreau, tu la trouveras un peu timbrée… Tu as mené assez d'enquêtes pour savoir qu'on a toujours des phénomènes.

Si Moreau s'étonna de sa gentillesse subite, il conclut immédiatement qu'elle cherchait à faire amende honorable ; Graham prenait conscience qu'elle avait besoin de lui, qu'elle ne devait pas le négliger. Ce n'était pas une mauvaise fille au fond. Il serait sur le court à l'heure et gagnerait sa partie. Graham lui souhaita même bonne chance quand il quitta enfin le bureau.

L'inspectrice dut reconnaître que Moreau ne s'était pas vanté ; il avait effectivement rencontré une foule de personnes. Graham eut l'impression de lire les témoignages concernant le meurtre d'Élodie Cartier ; on répétait que la victime avait beaucoup de talent, on la regrettait sincèrement, on ne devinait pas qui pouvait la détester. Toutes les comédiennes disaient leur peur au cours des interrogatoires, toutes voulaient collaborer mais aucune d'entre elles ne pouvait suggérer la moindre piste. Plusieurs s'étaient fait couper les cheveux, d'autres s'y résigneraient avant la prochaine pleine lune. Graham soupira : un mois, un mois complet s'était écoulé depuis le premier meurtre et elle n'avait rien trouvé. Aucun suspect puisqu'il n'y avait aucun mobile apparent. Le crime parfait est gratuit, sans objet. Les meurtres les plus aisés à résoudre sont ceux qui répondent à la passion brute. Hormis l'amour de la scène, fantastique, qui habitait chaque actrice, il n'y avait aucune démesure, aucune folie dans leur vie, concluait Graham en rangeant les témoignages. S'ils étaient vrais, Élodie et Marie-France étaient des femmes plutôt équilibrées. Élodie était peut-être un peu ironique, son humour ne plaisait pas toujours, la modestie ne l'étouffait guère, mais elle n'avait pas l'orgueil incroyable de Sarah Lay, avaient précisé deux comédiennes.

Le bruit d'une sirène qui hurla sous sa fenêtre fit sursauter Graham. Un accident de la route, sans doute. Son cœur se serra ; si quelqu'un était mort dans cet accrochage ? Si on retirait un corps disloqué des débris ? Si c'était un motocycliste, trop épris de vitesse pour se résigner à ranger son engin l'hiver, qui avait percuté un poteau téléphonique ? Si c'était une mère occupée à calmer des enfants agités qui n'avait pas freiné à temps ? Elle ne pourrait pas emballer les cadeaux de Noël pour ses fils, ils comprendraient, malgré leur âge, qu'ils ne la reverraient jamais, le motocycliste n'irait pas rejoindre son amoureuse à la fête de famille, ils n'annonceraient pas leurs fiançailles comme prévu le 24 décembre, une vieille dame éperdue de souffrance reconnaîtrait l'anneau d'or qu'il avait fait graver pour leurs cinquante ans de mariage à la main ensanglantée de son époux et souhaiterait que son cœur malade s'affole au point de la tuer elle aussi. Ce serait son cadeau de Noël : la délivrance. Graham avait toujours détesté ce jour, car elle s'inquiétait pour ceux que le sort frappe à cette période ; pourquoi ne pas laisser les gens célébrer en paix ? Pourquoi gâcher à tout jamais le Noël des survivants ? Graham s'étira, il était temps de rentrer chez elle avant de délirer complètement. Avant de sortir, elle attrapa le journal qui traînait sur une chaise dans le hall d'entrée. Il manquait le cahier des sports. Qu'importe, elle ne lisait que les faits divers et le cahier des arts.

Elle dut s'y reprendre à quatre fois pour faire démarrer son automobile et elle repensa à Grégoire ; le verrait-elle quand elle irait de nouveau interroger Sarah Lay ? Rouaix lui aurait-il conseillé de suivre son idée ? Pourquoi avait-il accepté ce stage à Washington ; son expérience lui manquait et la confiance qu'il lui témoignait. Graham regrettait aussi l'absence d'Yves ; au début, il savait la distraire de ses pensées morbides qui l'étreignaient par vagues et noyaient ses nuits de cauchemars. Mais aurait-il su la convaincre qu'elle découvrirait l'auteur des meurtres d'Élodie et de Marie-France ? Non, rien ni personne n'aurait pu rassurer Graham ce soir-là. Contrairement à son habitude, elle se servit un double martini en rentrant chez elle. Léo la sentait si tendue qu'il n'osa pas réclamer son souper.

Graham regarda son chat avec tendresse, le flatta, puis jura : elle avait oublié d'acheter sa pâtée. Elle avait ouvert la dernière boîte la veille. Elle fouilla dans le placard en pure perte ; elle avait des conserves de tous les légumes et fruits vendus au supermarché mais rien qui puisse convenir à Léo qui miaulait maintenant avec obstination. Elle se résigna à faire décongeler de la truite. Elle en avait toujours au réfrigérateur en prévision de… De quoi ? Elle ne recevait jamais, savait à peine faire la cuisine. À qui pouvait servir ce délicat poisson ? Léo, au moins, saurait le goûter.

Tandis que son chat se débattait avec sa proie sur le carrelage de la cuisine, Graham ouvrit le cahier des arts. Elle le lisait avec une attention accrue depuis un mois, espérant y trouver un indice… On parlait régulièrement de Frédéric Guichard qui s'était refusé à toute déclaration concernant le meurtre des comédiennes. Graham avait apprécié ce silence, mais n'avait pas encore osé demander au capitaine Larcanche de dire son estime à son ami. Il la trouverait ridicule sans doute. Elle avait souri à Moreau quand il lui avait dit que le capitaine voulait l'inviter, mais elle s'interrogeait maintenant avec une sorte d'ennui. Elle n'avait pas été si désagréable avec lui, non ? Elle déplia les feuilles du quotidien brusquement ; si ce petit Français était si susceptible, ce n'était pas sa faute à elle.

En première page, on invitait les parents à amener leurs enfants voir le ballet *Casse-Noisette*, présenté au

Grand Théâtre durant la période de Noël. La féerie du spectacle devait enchanter petits et grands... Yves lui avait offert un jour un casse-noisettes, car elle adorait les amandes, les noix du Brésil, de Grenoble, les avelines, les marrons et les pacanes. Si Graham réussissait facilement à fracasser l'écale des *paper shell* entre ses poings croisés, celle des pacanes rouges nécessitait un instrument. Yves riait toujours de sa rapidité à broyer puis à décortiquer les noix. C'était la seule gourmandise qu'il lui connaissait. Non, elle aimait aussi le chocolat. Était-ce pour la lulibérine qu'il contenait? Quand Yves l'avait quittée, Graham avait mangé des tablettes pralinées pendant des semaines, se demandant si c'était vrai qu'elle recherchait dans le chocolat cette hormone que notre cerveau sécrète naturellement quand on est amoureux.

Elle allait se lever pour aller chercher une Mars quand les gros titres de la page suivante retinrent son attention:

Nouvelle-France : C'EST POUR BIENTÔT! QUI SERA LA BELLE ANNE? *Le producteur délégué de* Nouvelle-France, *Jean-François Ouellet, et le réalisateur, Pierre Trudel, annonçaient lors d'une conférence de presse qui se tenait au château Frontenac, que les auditions pour le rôle d'Anne de Laviolette auraient lieu durant les prochaines semaines. Le tournage débutera en janvier puisque les abondantes chutes de neige le permettent. «Malgré la consternation, la tristesse que nous avons ressentie en apprenant la mort tragique de deux excellentes comédiennes, nous ne pouvons attendre davantage pour les auditions », nous a déclaré Pierre Trudel. Il n'a voulu avancer aucun nom mais on chuchote que Sarah Lay serait la favorite. La comédienne bien connue du public québécois, rejointe à son domicile, nous a confié qu'elle rêvait, comme toutes ses collègues, d'obtenir ce rôle d'envergure, mais qu'elle ne pouvait s'empêcher de penser qu'Élodie Cartier aurait su rendre le personnage de la belle Anne mieux que toutes. Cependant, connaissant le talent de Sarah Lay, on ne peut douter qu'elle saura incarner la femme de Frédéric Guichard, alias M. de Laviolette, avec brio.*

Graham lut l'article attentivement puis l'apporta avec elle à la cuisine. Elle le relirait pendant que l'eau du thé bouillirait. Elle ouvrit la boîte rouge du oolong, le huma, la referma. Elle n'était pas sage de boire du thé avant de se coucher ; si la théine lui causait ensuite des insomnies ? Elle souffrait peut-être de théisme ; elle pouvait vraiment avaler des quantités incroyables du délicieux breuvage. Cependant, elle ne croyait pas à cette doctrine du même nom qui affirmait l'existence personnelle et unique d'un dieu distinct du monde. Ou alors c'était un dieu de haine. Elle avait pourtant entendu les parents d'Élodie et de Marie-France implorer le réconfort de l'Église, écouter sagement les paroles du prêtre avant de repartir seuls dans une maison où ne résonnerait jamais plus le rire de leur fille. Graham soupira ; elle avait bien remercié le capitaine Larcanche de s'être occupé des parents de Marie-France, mais l'avait-elle fait avec suffisamment de conviction ? C'était peut-être pour ça qu'il était vexé ? Et puis elle aurait pu proposer d'aller boire un espresso avec lui au Temporel, ce café qu'elle aimait tant.

Graham jeta un sachet de camomille dans une affreuse théière rose bonbon fleurie. Elle détestait le goût de cette plante, mais l'odeur lui rappelait les soirs d'été où les grillons chantent tard dans la chaleur humide des lunes rousses. Les fleurs jaunes exhalaient un parfum serein, apaisant comme des sourires d'enfants. Et la camomille devait faciliter la digestion ; le troisième sac de chips, à l'ail et aux concombres, était de trop. Graham aurait dû écouter Larcanche et prendre un yogourt. Elle but sa tisane lentement. Léo s'endormit sur ses genoux et elle n'osa plus se relever. Elle le caressa mollement en pensant que Sarah Lay aussi aimait être flattée. Selon sa cousine, on ne lui disait jamais trop qu'elle était douée. Elle devait être ravie de cet article où elle déplorait la mort d'Élodie Cartier. Rien ne la ressusciterait, n'est-ce pas. Elle n'aurait jamais le rôle d'Anne.

— Dis-moi, mon Léo, pourquoi Sarah aurait aussi tué Marie-France ? Ce n'était pas une rivale comme Élodie, non ?

Elle devait pourtant représenter un danger assez grand pour mériter la mort. Que savait-elle ?

CHAPITRE 13

Avant de se présenter chez Sarah Lay, Graham vit Moreau pour lui mentir : les témoignages qu'il avait recueillis lui semblaient capitaux et il avait bien raison de faire faire un portrait-robot. Il allait justement rencontrer de nouveau les témoins oculaires.

— Tu viens ?

— Non, je vais voir Sarah Lay. Je suppose que tu ne l'as pas entendue puisque je ne l'ai pas lu dans ton rapport.

Moreau haussa les épaules.

— Elle ne saura rien de plus. De toute manière elle n'est pas à Québec. Elle tournait un commercial à Montréal.

— Je vais quand même passer chez elle.

Moreau faillit lui dire qu'elle perdait son temps mais il se tut : ça ne servait à rien de discuter avec une femme. Il le savait bien puisqu'il en avait une.

Il se mit à neiger doucement quand Graham quitta la centrale du parc Victoria, mais elle constata à regret que les flocons fondaient dès qu'ils touchaient le sol. S'il ne faisait pas un peu plus froid, ils se transformeraient en pluie. Les enfants devaient le redouter ; une averse serait dramatique, les patinoires se liquéfieraient, il n'y aurait plus de neige pour Noël ! Graham sonna à l'appartement de Sarah Lay cinq fois en rageant : Moreau se réjouirait sûrement de son échec. Elle erra dans les rues avoisinantes dans l'espoir de revoir Grégoire, mais il n'était pas encore levé ou déjà couché ailleurs. Il était à peine neuf heures.

L'inspectrice croisa le capitaine Larcanche devant les distributeurs et elle sourit quand elle le vit attraper des chips au vinaigre.

— Vous vous y mettez aussi ?

— Non, c'est la curiosité ; les croustilles ne sont pas aromatisées ainsi à Paris… Il doit faire le même temps qu'ici. Est-ce que toute la neige tombée peut fondre ? demanda-t-il avec inquiétude.

— J'espère que non…, dit Graham en secouant son manteau mouillé.

— Vous avez marché longtemps, constata le capitaine.

— Oui, j'allais voir Sarah Lay, l'actrice. Moreau m'avait avertie de son absence. Je mène cette enquête n'importe comment…

— Vous croyez ?

Samuel Larcanche regardait Graham avec une telle sympathie qu'elle lui rendit spontanément un sourire réellement chaleureux, un de ses très rares sourires. Puis elle se résigna à rejoindre Moreau. Il lui montra le portrait-robot. Graham observa attentivement ce visage étrange et le rendit à Moreau d'un geste brusque en lui demandant quand il devait paraître dans la presse d'une voix qui se voulait indifférente, presque distraite. Elle fut rassurée ; elle avait le temps de faire exécuter un second portrait-robot. Elle allait vite rejoindre le technicien pour lui décrire précisément Bernie.

— Je ne t'accompagne pas, Moreau, tu es meilleur que moi avec les journalistes.

Moreau fit mine d'insister mais il partit presque en courant, de crainte qu'elle ne change d'idée et ne l'accompagne ; elle volait toujours la vedette lors des rencontres avec la presse. Pourtant, excepté avec un ou deux qu'elle disait sérieux, professionnels, Graham n'était guère aimable. Mais son sale caractère semblait les amuser !

Graham était au bout du corridor quand Moreau la héla :

— Eh ! Il faut que t'appelles Berthier !

— Pourquoi ?

— L'a pas dit.

Graham composa le numéro de Berthier ; que lui voulait ce policier ? Elle s'entendait bien avec lui, elle lui enviait sa placidité.

— J'ai un petit gars ici, en face de moi. On l'a arrêté cette nuit. Tapage nocturne. Il dit qu'il te connaît. Un certain Grégoire.

Graham sourit, Grégoire devait avoir répété au moins vingt fois « certain » depuis son arrestation, c'était contagieux.

— Envoie-le-moi. Avec ton rapport.

— Pas si vite, ne décide rien sans m'appeler. Je te connais, tu ne suis jamais la procédure.

Graham jura tout ce qu'il voulait. On frappa à sa porte cinq minutes plus tard. Entre-temps, elle rejoignit le technicien. Il était à sa disposition. Quand Graham vit Grégoire menotté, elle eut un mouvement de colère.

— C'était indispensable, je suppose ?

— Oui. Il ne se tient pas tranquille.

— Détache-le quand même.

Graham fit signe à Grégoire de s'asseoir quand le policier fut sorti.

— Je vais m'asseoir si je veux !

— Certain, dit l'inspectrice en souriant.

— Tu ris ? Tu trouves ça drôle de me voir ici ? Si c'est comme ça, je m'en vais !

Mais il restait debout devant le bureau de Graham, les bras ballants, le long du corps. Elle n'avait jamais remarqué que ses bras étaient trop grands. Il était dépeigné, un petit duvet ourlait sa lèvre supérieure, il avait chaud, car il avait refusé d'aller voir Graham sans son blouson de cuir et Berthier pressé de s'en débarrasser avait accepté. Ses yeux cernés paraissaient encore plus pâles. D'un gris délavé comme le ciel avant la neige. Blême et lourd. Prêt à crever.

— Veux-tu un café ?

— Oui, avec quatre sucres et beaucoup de lait.

— Je vais le chercher, dit Graham en ouvrant toute grande la porte de son bureau. Tu peux rester ici ; ou venir avec moi.

Grégoire hésita puis décida de l'accompagner. Devant les distributeurs, il lui dit qu'il n'avait rien mangé depuis vingt-quatre heures. Elle ne fut guère étonnée qu'il ait refusé ce qu'on lui offrait au poste. Ils revinrent à son bureau avec des sandwichs au fromage et au jambon.

— Ça va me rappeler la polyvalente, dit Grégoire en s'asseyant. On avait forcé une machine distributrice pour piquer l'argent, comme pour la machine à cigarettes. J'ai été renvoyé.

Grégoire grignota plus qu'il ne mangea.

— Tu n'as plus faim ?

— J'ai mal au cœur. J'ai pris un coup hier soir. Le gros te l'a pas dit ? Mais je vois pas pourquoi ils m'ont arrêté… Si on peut plus se paqueter en paix…

— En paix, on a le droit. Mais quand on t'a interpellé, tu hurlais à tue-tête que tu allais tuer un juge. Quel juge ?

— Je m'en souviens pas. J'me souviens de rien.

— C'est pratique.

— Certain, ricana Grégoire. T'as-tu d'autres questions ?

— Je pensais que c'était toi qui voulais me voir.

— J'ai dit ça pour qu'ils me relâchent. J'peux m'en aller ?

— Oui. Mais je ne pourrai rien faire pour toi la prochaine fois. Je n'ai pas le droit de déchirer ton dossier, expliqua Graham en jetant le rapport de Berthier à la poubelle.

— Je le sais, j'avais pas envie de voir l'assistante sociale.

Au lieu de quitter l'inspectrice immédiatement, il s'approcha de la fenêtre.

— Pis, ta Fiat ? Tu l'as retrouvée ?

— On l'a remorquée ! C'est la deuxième, première rangée.

Grégoire se pencha, le front collé contre la vitre. Un peu de sueur perlait à ses tempes et il gardait les mains dans les poches de son blouson pour les empêcher de trembler. Étaient-ce les effets de l'alcool ou la crise de manque ?

— Tu bois souvent comme ça ?

— Pis toi ?

— Ça m'arrive, admit Graham. Moi aussi il y a des gens que je voudrais tuer. Mais je ne le crie pas.

— Tu pourrais t'arranger, t'es protégée. Si tu tuais quelqu'un, on dirait que c'est un accident. Vous autres, vous pouvez tout vous permettre... C'est comme la bière : moi, j'ai pas le droit d'en boire pour me paqueter mais si c'est Sarah Lay, personne ne dit rien. C'est une artiste, elle, une vedette !

— Sarah Lay boit ? s'étonna Graham. La comédienne avait un teint incroyablement frais, la peau rosée, souple.

— Tu le savais pas ? Tu enquêtes pis tu sais rien !

— C'est pour ça que j'enquête, pour apprendre quelque chose.

— J'peux te dire que Sarah Lay était saoule le soir où la deuxième fille est morte.

— Ah oui ?

— J'm'en souviens ; c'était la première fois qu'elle me parlait, Sarah, pas la fille... Elle était moins gênée à cause de la bière.

— Où l'as-tu vue ?

— À côté de chez elle. Elle m'a demandé si le dépanneur au coin de Saint-Jean était ouvert. Une drôle de question, il n'était même pas dix heures du soir ! Elle traînait une caisse de douze vide. De la Brador. Elle l'avait bue avec son chum.

— Il n'était pas avec elle ?

— Ben non, j'te l'aurais dit, voyons !

— Ensuite ?

— Elle t'intéresse plus que moi, la Sarah ? Ses brosses sont plus trippantes que les miennes, c'est certain.

Graham secoua la tête.

— Non, tu ne comprends pas…

— Dis-moi donc que j'suis un sans-génie ! Un épais ! Tu serais pas la première, fais-toi-z-en pas ! Ni la dernière ! J'm'en sacre…

— C'est pas ça, Grégoire, je pense que tu es très intelligent au contraire. C'est seulement que je soupçonne Sarah Lay de meurtre, s'entendit dire Graham, abasourdie.

Voilà, elle avait formulé sa pensée. Et devant témoin.

Grégoire n'était pas moins surpris qu'elle ; de sa révélation, mais aussi de la confiance qu'elle lui témoignait.

— Tu penses que c'est elle qui a tué les deux filles, Biscuit ? Es-tu folle, Biscuit ?

— Ne m'appelle pas Biscuit, je l'ai assez entendu quand j'étais jeune. Mais ma théorie tombe à l'eau en ce qui concerne Sarah Lay, affirma Graham qui voulait faire marche arrière.

— Si elle était ivre morte à dix heures, elle ne pouvait pas suivre Marie-France et l'étrangler…

— Elle marchait croche, j'te l'jure.

Quel comédien n'a jamais joué les ivrognes ?

La sonnerie du téléphone agaça Graham.

— Oui, oui, j'arrive.

Elle se leva péniblement. Grégoire eut un geste d'impatience.

— T'as quelqu'un de plus important à voir ? dit-il, retrouvant sa morgue habituelle. Inquiète-toi pas, j'suis pas le genre collant.

Il s'enfuit en courant dans le corridor avant qu'elle n'ait le temps de lui expliquer qu'elle ne pouvait refuser de voir son patron.

Robert Fecteau, le directeur, accueillit Graham très froidement, lui indiquant un siège du bout des doigts. Il ne savait pas comment agir avec cette femme qui, bien qu'elle prétendît qu'elle n'aimait pas les journalistes, faisait toujours parler d'elle. Ainsi pour son sacré centre d'écoute… L'idée n'était pas répréhensible en soi, mais il fallait assurer une permanence à ce centre et Graham forçait quasiment ses collègues à faire des heures supplémentaires. S'ils refusaient de l'aider, elle leur faisait sentir qu'ils étaient des monstres. Évidemment, tous les hommes étaient des violeurs en puissance, alors… Jésus-Christ ! Cette fille dérangeait. Robert Fecteau soupira ; heureusement que les autres policières ne lui ressemblaient pas trop, même si elles l'approuvaient, car il aurait donné sa démission. Certes, Graham (qui ne corrigeait pas les témoins qui l'appelaient inspectrice) était douée, efficace, intelligente mais elle était si désagréable avec sa façon de ramener son féminisme ! Depuis qu'elle avait cessé de fumer, c'était encore pire ! Fecteau était persuadé que Rouaix avait accepté le stage à Washington pour attendre tranquillement que sa partenaire se détende un peu. Ce pauvre Moreau avait dû le remplacer. Il ne s'était pas encore plaint, même si Graham le boudait.

— Vous vous rendez compte de la situation, mademoiselle Graham ?

— Madame.

— Non, ce n'est pas le moment, Graham ! tonna Robert Fecteau. Je m'en crisse que Mademoiselle soit péjoratif et qu'on doive vous appeler toutes Madame, dès la naissance ! J'en ai assez de vos histoires ! Si vous aimez ça tant que ça, protéger les femmes, pourquoi n'avez-vous encore rien trouvé ? Ça fait un mois qu'un maniaque erre dans la ville ! Je reçois des téléphones sans arrêt ! En plus, vous faites la une des journaux en répondant avec votre amabilité proverbiale aux journalistes ; en racontant n'importe quoi ! Vous avez lu le journal ce matin ?

— Non, ça ne sert à rien.

— Ça va durer encore longtemps ?

— Je n'ai jamais couru après les reporters, monsieur.

— C'était nécessaire de déclarer que les femmes devaient s'enfermer à double tour ? Vous n'avez fait qu'augmenter la panique ! C'est l'hystérie !

— Qu'est-ce que vous voulez que je vous dise ? Qu'il n'y a pas de danger ? Qu'on contrôle la situation ? Il faut être honnête.

— Arrêtez, Graham! Si vous faisiez un peu plus équipe avec Moreau, ça irait peut-être mieux! Il travaille, lui.

— C'est bien.

Graham hocha la tête respectueusement. Trop. Le directeur jugea son attitude ironique.

— Et vous? Vous avez l'intention de faire quelque chose? Moreau a décidé qu'on allait annoncer à la population que les comédiennes seraient surveillées, protégées à la pleine lune. Il faut absolument rassurer les gens. Il y aura des patrouilles spéciales dans les rues, bien visibles.

— Vous croyez que ça suffira?

— Qu'est-ce que vous proposez, mademoiselle?

— Rien, pour l'instant, reconnut Graham. Mais je voudrais surveiller personnellement Sarah Lay.

Le directeur fronça les sourcils; il fallait toujours secouer Graham pour en tirer quelque chose.

— Vous pensez qu'elle est plus menacée que les autres?

— Oui, elle est très belle. Les deux premières victimes l'étaient aussi.

— Vous pensez que c'est une raison valable pour assassiner quelqu'un?

Graham secoua la tête affirmativement. Oui, bien sûr. Elle-même avait eu envie de défigurer la fille pour qui Yves l'avait plaquée, si jolie, si mince, si élégante, si jeune.

— Je dois voir Sarah Lay aujourd'hui, pour la mettre en garde.

— Parlez-en à Moreau, vous ne lui dites rien. Il doit être au courant !

— Il s'est plaint ?

— Non, mais je vous connais assez pour savoir que vous faites cavalier seul. Ou plutôt amazone...

— Mon côté guerrier, sans doute, dit Graham sans sourire.

Elle ne pensait pas qu'elle aurait accepté de se trancher un sein pour manier l'arc plus facilement. Graham avait vu des photos d'un film *snuff* où on avait coupé la poitrine d'une gamine de vingt ans, et elle n'avait pas pu dormir pendant une semaine. Elle ne pensait pas non plus qu'elle pouvait se passer des hommes, comme les antiques chasseresses.

Mais de Moreau sûrement.

Elle le croisa en sortant du bureau et elle discuta avec lui des patrouilles spéciales. Elle l'informa qu'elle allait prévenir Sarah Lay.

— Tu avais raison ce matin ; elle n'était pas chez elle.

Moreau se rengorgea ; Graham reconnaissait enfin ses torts, il en viendrait à bout.

— As-tu vu le Français ? Il te cherchait. Sa fameuse invitation, je suppose.

Pourquoi ne lui avait-il rien dit quand il l'avait croisée ? Graham détestait les hommes qui ne savaient pas ce qu'ils voulaient. Et si c'était Moreau qui la faisait marcher ? À cette idée, elle rougit et interrompit sèchement son partenaire qui voulait lui lire le communiqué destiné à la presse.

— Je sais, je sais, le patron m'a informée. Évidemment, ça t'aurait rendu malade de m'en parler avant…

Elle lui tourna le dos. Moreau sacra en jurant de ne plus lui adresser la parole. Graham l'entendit et faillit s'arrêter. Elle était injuste ; Moreau était peut-être fat, lent, paternaliste, suffisant, mais il faisait son travail honnêtement sans ménager ses efforts, vérifiant et revérifiant les moindres pistes, relisant les dossiers, réentendant patiemment les témoins. Si elle pouvait suivre ses propres intuitions, c'est parce que Moreau menait l'enquête d'une façon traditionnelle ; elle était couverte de ce côté. Elle aurait dû s'excuser. Elle claqua la porte de son bureau, furieuse, contre Moreau, davantage contre elle.

CHAPITRE 14

Pierre Beauchemin ne posa aucune question à Graham après avoir effectué le portrait-robot de Bernie Smith. Et quand elle lui demanda de n'en parler à personne, il acquiesça d'un signe de tête en souriant. Incorrigible Graham ! Elle ne ferait jamais rien comme tout le monde. Elle le remercia chaleureusement avant de le quitter et il se demanda sincèrement pourquoi on soutenait qu'elle était sévère, froide, distante. Elle s'était toujours montrée amicale envers lui ; ils discutaient parfois d'art. Lui préférait l'expressionnisme, elle prétendait que Munch l'effrayait alors que Monet l'apaisait. La contemplation des *Nymphéas* n'aurait pu, cependant, calmer Graham en cette fin d'après-midi. Elle avait les mains moites, ce qu'elle détestait, quand elle frappa à la porte de Jeanne Duroy.

— Tenez, dit-elle en lui tendant le portrait de Bernie.

Jeanne l'observa quelques secondes avant de le rendre à l'inspectrice.

— C'est bien votre voisin, M. Smith ?

Jeanne haussa les épaules.

— Nous croyons que c'est le portrait-robot de l'assassin.

La jeune femme déglutit mais se tut.

— Vous êtes sa complice ? dit Graham, impatiente. La passivité, le laconisme de Jeanne, l'énervaient. Elle aurait dû réagir !

Elle dit seulement :

— Quoi ? Complice ?

— Je vous demande si vous protégez Bernie Smith puisque vous savez qu'il était sur les Plaines au moment du meurtre. Je vais être obligée de vous inculper.

Un soupir, un râle, un murmure. Jeanne souffla un non plaintif, puis reprit avec plus de fermeté.

— Je ne l'ai pas vu sur les Plaines ce soir-là. Je ne le protège sûrement pas !

— Vous ne l'avez pas vu, mais vous saviez qu'il y était, non ?

Jeanne porta la main à sa gorge comme si elle suffoquait.

— Non !

— Vous défendez un assassin, vous l'aimez à ce point ?

— Non, vous le savez ! Et ce n'est pas un assassin, même si c'est un criminel.

— Que voulez-vous dire ?

— Rien.

— Je devrais vous arrêter tous les deux, continua Graham. Je ne sais pas quels sont ses mobiles… Peut-être a-t-il tué pour vous ?

— C'est ridicule.

— Oui, mais c'est tout ce que j'ai trouvé.

— J'ai envie de vomir, dit Jeanne.

— Vomir Bernie ?

— Oui.

— Asseyez-vous, dit doucement Graham. Et racontez-moi tout ; je sais que vous avez été internée.

— Bernie était aide-infirmier à l'hôpital. Puis on l'a renvoyé parce qu'il avait abusé sexuellement de certaines patientes.

— Vous ?

— Au début, j'étais sous médication. De très fortes doses. Je ne distinguais pas la réalité du rêve, des cauchemars… J'ai fini par guérir. On dit que le hasard fait bien les choses. C'est faux. Bernie est venu s'installer ici il y a quelque temps. Je voudrais déménager mais il refuse.

— Il refuse ?

— Il dit que, si je pars, il vous racontera qu'il m'a vue tuer Élodie Cartier. Que j'ai toujours eu des pulsions morbides.

Les ongles de Jeanne, peints rose nacré, rongés au sang, griffèrent la cire miel qui protégeait la table de chêne.

— Je ne savais pas que Bernie était sur les Plaines, poursuivait Jeanne. Moi, je n'y suis pas allée, mais il peut m'avoir vue aux abords. C'est assez. Il n'est peut-être pas le seul. Mais je n'ai pas tué, je vous le répète, même si j'ai failli le faire autrefois.

— Vous parlez de cette femme que…

— Je ne me souviens pas très bien. Il y a cette histoire à Florence…

— Et une histoire ici, insista Graham.

— Oui, admit Jeanne. Je me suis battue avec Suzanne. Enzo me quittait pour elle ! Elle est venue le chercher chez moi un soir. Elle savait qu'il n'y était pas. Elle voulait me narguer. J'ai tenté de la mettre à la porte, elle a résisté, disant qu'elle ne partirait pas tant qu'Enzo ne serait pas rentré. J'ai voulu la sortir de force. On a fini par se battre. C'est ce qu'elle souhaitait. Elle voulait m'humilier aussi physiquement. Il y avait un couteau de cuisine sur la table. Je l'ai pris. Pour lui faire peur !… Enzo est arrivé à ce moment-là, il nous a séparées. Et on m'a internée. Je n'ai pas protesté, je faisais une dépression. J'avais envie de mourir… Si Bernie affirme qu'il m'a vue sur les Plaines, et il y était puisque vous avez ce portrait-robot, ce sera sa parole contre la mienne. Je ne veux pas retourner à l'hôpital… Vous pensez que j'ai tué ?

— Je ne pense pas sans preuves, mentit Graham. C'est peut-être Bernie l'assassin, puisque les témoins…

— Non, désolée. Vraiment. Mais il n'a pu étrangler personne. Il a eu un accident d'auto. Il ne peut plus serrer les doigts de sa main gauche. Seulement les plier.

— Et pourtant, il vous tient… Il abuse de vous.

— Je ne peux rien faire. Revenez quand vous aurez une solution pour me débarrasser de lui. Si je tuais quelqu'un, ce serait lui… Vous avez arrêté Bernie à son travail ? Il va crâner quand vous allez le relâcher…

— On ne l'a pas arrêté.

— Ah ?

— Parce que c'est un faux portrait. C'est moi qui l'ai fait faire. Pour que vous parliez. Je ne comprenais pas que vous supportiez Bernie. Quand votre voisine m'a dit que vous ne lui parliez jamais auparavant et que maintenant vous le fréquentiez, je me suis demandé ce que vous me cachiez… J'espérais en apprendre davantage. Vous ne m'aidez pas beaucoup. C'est pourtant votre innocence peut-être que j'essaie de prouver.

Le fleuve était d'argent terni quand Graham était entrée chez Jeanne. Quand elle la quitta, une éclaircie donna aux eaux, à la neige trop rare et à la ville, la teinte nacarat des ongles de Jeanne. Graham regarda les siens, coupés court, bien limés. Le vernis Nuit d'Orient nº 207 qu'Yves aimait tant devait être bien séché au fond de son flacon. Elle l'avait acheté sous le coup d'une impulsion romantique : ils avaient eu une chambre 207 dans un petit hôtel du Maine. C'est là qu'ils avaient fait l'amour pour la première fois. Ils avaient mangé du homard. On le leur avait servi entre deux épis de maïs. Ils avaient ri. Ils riaient beaucoup au début. Ils étaient encore un peu en vacances. Mais vite, très vite, trop vite, Graham était rentrée le soir, silencieuse. Il y avait eu cet enfant battu avec tant de violence qu'il demeurerait sourd, cette gamine de quinze ans qui ne fuguerait plus jamais, car elle s'était brisé les reins à moto, cette femme qu'un mari fou de jalousie avait excisée afin qu'elle ne prenne pas de plaisir avec ses amants imaginaires, et puis cet homme abandonné par sa famille parce qu'il souffrait de la maladie d'Alzheimer, le viol collectif d'une étudiante étrangère, le suicide d'un étudiant recalé. Yves avait essayé de distraire Graham. Il y avait parfois réussi, mais il fallait chaque jour recommencer.

Et des meurtres maintenant. Et Yves qui n'était plus là. Suivait-il l'enquête dans les comptes rendus des journaux ? Lisait-il ses déclarations ? Il devait hocher la tête et se dire qu'elle ne changerait jamais, qu'il avait bien fait de partir.

Graham ralentit dans le corridor qui menait à son bureau pour respirer la fumée qui s'échappait de celui d'un de ses collègues, mais s'enfuit en entendant des pas dans l'escalier. C'était Sarah. Elle avait trouvé le message de l'inspectrice dans sa boîte aux lettres.

— J'ai trouvé votre convocation, j'arrive de Montréal.

Graham ferma la porte aussitôt, craignant que Moreau ne reconnaisse la voix de Sarah Lay. Elle lui désigna une chaise puis garda le silence. La comédienne soutint sans gêne apparente son regard, habituée à être observée. Elle finit toutefois par commenter la reproduction.

— J'ai toujours aimé *Le Déjeuner sur l'herbe*. Vous avez vu l'original ? Au Jeu de Paume ? On dirait que la jeune femme nous convie au pique-nique.

— Maintenant, le tableau est au musée d'Orsay. J'espère qu'il est bien éclairé. Mieux que ce bureau… Les jours sont si courts en hiver. Il fait sombre très vite. Et aujourd'hui, avec cette neige pluvieuse… Je devrais peut-être allumer la lampe, mais comme je suis myope, vous savez, de voir un peu plus ou un peu moins ne change pas grand-chose.

Sarah, surprise par ce discours, en adopta cependant le ton. Expliqua qu'elle aussi était myope.

— Ah ? Vous portez des lentilles ? Moi, j'ai essayé mais je ne les supporte pas.

— Avec mon métier, je n'ai pas tellement le choix.

— Évidemment. Et pour le rôle de Mme de Laviolette, ce serait embêtant ; on n'a aucune représentation d'elle portant des lunettes. Vous commencez à tourner bientôt ?

Sarah, visiblement satisfaite de cette intervention, protesta mollement :

— Eh ! Je n'ai pas encore le rôle ! On n'a pas auditionné !

— Comment ?

— C'est pour bientôt, mais il ne faut pas vendre la peau de l'ours avant de l'avoir tué.

— On a tué l'ourse, en tout cas.

— Pardon ?

— Je disais qu'on a tué Élodie Cartier qui était votre principale rivale. C'est ce que vous avez déclaré, non ?

Sarah réussissait à ne pas rougir et Graham eut envie de lui demander son truc.

— Non, je n'ai pas dit ça. J'ai dit qu'elle avait le tempérament pour le rôle. Mais le réalisateur semble penser que je conviendrai. J'imagine que vous ne m'avez pas fait venir ici pour discuter cinéma ?

— Oh ! pardon, je ne peux pas m'empêcher d'essayer d'en savoir plus sur votre milieu. C'est la deuxième fois que je suis en relation avec des comédiens et ça me fascine. Je l'avoue. Vous êtes des êtres à part…, dit Graham avec candeur.

Sarah sourit, amène :

— Qu'est-ce qui vous intéresse donc tant ?

— Avez-vous rencontré Frédéric Guichard ? Est-ce qu'il est aussi bien en personne ?

— Vous le trouvez beau ? Ce n'est pas mon genre mais j'ai beaucoup d'estime pour lui, bien sûr. Quel comédien ! Mais beau, vraiment ?

— Vous préférez Pierre Saint-Hilaire.

— Comment savez-vous ? Je…

— La routine, l'enquête. Je me renseigne sur tout le monde, et surtout sur vous.

Sarah Lay pâlit enfin.

— Pourquoi moi ? Qu'est-ce que…

— Vous êtes très belle, c'est tout et c'est assez. Je vous ai fait venir pour vous mettre en garde. Je ne voudrais pas vous inquiéter mais je dois vous prévenir ; j'ai peur que vous ne soyez la prochaine victime de l'étrangleur.

La stupéfaction figea les traits de Sarah Lay, puis elle se détendit, subitement soulagée. Comment pouvait-elle être rassurée d'apprendre qu'elle était une victime potentielle ?

— Moi ? Moi ! Vous vous trompez, voyons, se défendit Sarah sans beaucoup d'énergie.

— Je l'espère, mais mon chef pense aussi que vous êtes menacée. Comme plusieurs comédiennes. Et vous serez surveillée comme vos compagnes.

— Surveillée ? Vous allez me suivre partout ?

— À la pleine lune, et la veille.

Sarah, s'efforçant de sourire, demanda :

— Mais avant ? Ça fait presque trois semaines à vivre... Avec la peur ? Vous savez ce que c'est, la peur ? dit-elle en inspirant profondément. La peur, inspectrice, c'est sentir d'affolants frissons nous parcourir entièrement, et cela sans autre raison que d'avoir cru un instant apercevoir un homme derrière soi, même à des kilomètres. Ces tressaillements, ces tremblements horribles lorsqu'on entend, comme dans un cauchemar, trop effarée pour songer, la voix d'un inconnu au téléphone, son rire, ses obscénités. Cet inconnu qui occupe à toute heure du jour ou de la nuit les pensées de toutes les femmes de la ville. Et cette terreur, cette terreur qui nous serre le cœur, le relâche, le comprime de nouveau, comme si c'était un jeu amusant que d'arrêter la respiration et de donner un avant-goût de la mort, cette frayeur qui nous tord les entrailles mieux que toutes les douleurs et qui nous fait maudire d'être femme, ces suées qui nous laissent glacées, ces fièvres qui nous pétrifient, cette stupeur qu'on redoute tant elle nous paralyse, cette affreuse sensation d'impuissance, c'est la peur, la peur, madame.

Graham faillit applaudir : belle tirade. Elle avait apprécié les raucités et les grondements de la voix, les silences, le souffle coupé, toute l'attitude de la comédienne qui se reprenait et se rappelait qu'elle n'était pas sur une scène.

— Je ne sais pas me défendre, dit Sarah.

— Même quand vous vous battez avec Pierre Saint-Hilaire ?

— Ça ne vous regarde pas, dit Sarah en se levant, indignée.

— Si, peut-être… Votre relation est orageuse, non ?

— Oui, mais…

— Vous avez parlé de la peur, madame ; mais vous n'avez jamais craint que votre ami n'aille trop loin un jour ?

— Pierre ? Non ! C'est parce qu'il est jaloux qu'il est violent. C'est parce qu'il m'aime.

— Et dans un accès de colère, il ne pourrait pas vous étrangler, par exemple ?

— M'étrangler ?

— Comme Élodie Cartier, ou Marie-France Dupont. Elles ont été étranglées.

— Vous ne croyez tout de même pas que Pierre pourrait avoir tué ces deux filles ? C'est idiot !

— Parce qu'il ne les aimait pas ?

— Non… Oui, oui.

— Mais sous l'emprise de l'alcool ?

— L'alcool ?

— Il semble que vous vous soyez enivrés le soir où Marie-France Dupont est morte.

— Le soir où ? Quoi ? Oui, en effet, Pierre était complètement ivre à neuf heures. Je suis ressortie pour chercher d'autres bières mais quand je suis revenue il dormait ! On avait trop bu parce que nous fêtions. Ça faisait sept mois et deux jours que nous étions ensemble.

— Et vous fêtiez ?

— Oui. On avait failli se quitter la veille. Et je trouve stupide d'attendre que ça fasse un an pour célébrer. Ça manque de fantaisie.

Sarah avait raison. Elle aurait peut-être dû fêter avec Yves avant qu'il ne la quitte.

Le parfum de Sarah écœurait maintenant Graham, entêtante odeur de rose, d'héliotrope, de santal, de bergamote, de violette, de lavande, de vétiver et de jasmin. Un jardin agressif comme l'encens qui brûle dans les églises, enivrant d'empyreumes, séduisant puis révulsif. L'inspectrice se leva pour ouvrir la fenêtre ; le vent avait glacé la pluie sur la vitre, l'air était à nouveau sec.

— On m'a dit qu'Élodie et Jeanne se détestaient depuis toujours, c'est vrai ? Il n'y a pas que cette dispute à votre sujet ?

— C'est vrai, c'était peut-être même un prétexte, en y repensant bien. Elles étaient rivales... Avez-vous remarqué comme elles se ressemblaient ? Élodie était cependant plus piquante. Moi, je préfère le genre de Jeanne, plus discret, mais ce n'était pas l'avis de Jacques Trottier, vous savez, le copain d'Élodie. Il plaisait à Jeanne mais c'est Élodie qu'il aimait. D'ailleurs, on le voyait bien, au cimetière, il était effondré. Je ne sais pas si Jeanne osera le consoler... C'était un bel enterrement.

— Pour un meurtre horrible. Regardez, dit Graham en ouvrant un tiroir d'où elle sortit une grande enveloppe. Regardez, c'est affreux, non ?

Sarah prit les photos du cadavre d'Élodie à deux mains mais l'une n'empêchait pas l'autre de trembler. Elle jeta un coup d'œil, blêmit mais fit observer que ce n'étaient pas les mêmes images que celles de la presse.

— Et celles-ci ? dit l'inspectrice en tendant les photos du corps de Marie-France Dupont.

Sarah secoua la tête, refusant de les voir.

— Pourquoi me montrez-vous tout ça ? C'est assez affreux… d'y penser sans que…

— Je veux que vous compreniez bien que vous êtes menacée. Vous plus que toute autre ; je vous le répète.

— Comment pouvez-vous dire ça ?

— L'intuition. Je suis certaine que c'est quelqu'un qui vous connaît.

— Mais voyons, c'est ridicule !

Elle protestait mais il y avait plus de mépris que de colère dans sa belle voix rauque.

— Non, je vais vous exposer ma théorie : je crois qu'on a éliminé Élodie et Marie-France parce qu'elles gênaient la carrière de quelqu'un. Qui, je ne le sais pas encore. Mais ce rôle, ce fameux rôle d'Anne de Laviolette est désiré par plusieurs d'entre vous, non ?

— Oui, évidemment, mais…

— Vous êtes maintenant celle qui a le plus de chances de l'obtenir. Et donc celle dont on voudra se débarrasser. Je suis certaine que c'est une femme qui tue, ou fait tuer. Une comédienne qui vous connaît toutes très bien. Une malade, évidemment.

Sarah frissonna, demanda à Graham de fermer la fenêtre d'une voix qui se voulait ferme. L'inspectrice

quitta son fauteuil, repoussa les battants précaution-
neusement. Sa voiture aurait du mal à démarrer en fin
d'après-midi ; si Grégoire était là, il se moquerait d'elle.

— Vous connaissez un adolescent du nom de
Grégoire ?

— Grégoire ? Non, quel rapport avec…

— Aucun. Il m'a seulement dit que vous le draguiez.
Il travaille près de chez vous.

— Qu'est-ce que c'est que cette histoire ? Le draguer ? Il est fou !

— C'est lui qui m'a dit que vous vous étiez soûlée
le soir du meurtre de Marie-France. Vous avez eu
raison. Sinon, ce serait peut-être vous qui auriez été
assassinée. Vous étiez dehors en même temps qu'elle,
on l'a tuée vers onze heures.

— Ah ! non, j'étais déjà couchée. J'espère que vous
ne raconterez pas à tout le monde que je me suis en-
ivrée, ça pourrait être gênant avec les journalistes.
C'était exceptionnel. Mais Pierre… m'entraîne. Vous
croyez que ce gamin en parlera ? s'inquiéta Sarah.

— Je ne sais pas. Si on le paie bien, peut-être. Il a de
gros besoins d'argent. Il est venu me parler de vous en
espérant que je le paierais. Payer quoi ? Pouvez-vous
me dire ? Je ne vois pas ce qu'il pourrait m'apprendre
sur vous…

— Mais vous avez dit qu'il travaillait ?

— Oui, il se prostitue. Dans votre quartier surtout.
Il vous a rencontrée entre deux passes.

— C'est un garçon avec une veste de cuir ? Les cheveux noirs et les yeux très clairs ?

— Non, il est blond. Mais ses sourcils sont très foncés, assez rapprochés, et il a les lèvres épaisses. Ça ne vous dit rien ?

Sarah cherchait vainement.

— Il dit que vous lui parlez souvent à la tabagie, insista Graham.

Sarah eut un mouvement d'épaules impatient.

— Mais je parle à des tas de gens à la tabagie, vous savez. On me reconnaît régulièrement. Si tous les hommes qui m'adressent la parole croient que je les drague…

— Je comprends, fit Graham, conciliante. Ça doit être ennuyeux parfois d'être célèbre, non ?

— Il ne faut pas se plaindre, protesta la comédienne, affable, c'est mieux que l'inverse.

— Seulement, il doit y avoir des hommes qui rêvent à vous et qui s'imaginent que…

— Oui, ce type dont vous me parlez fantasme complètement. Il fabule, comme Jeanne…

Graham essuya ses lunettes en écoutant Sarah reparler de Jeanne.

— Jeanne fabule ? Vous faites allusion à la réincarnation ? Elle m'a dit que vous respectiez ses croyances.

— Je ne parlais pas de réincarnation mais de sa paranoïa. Elle distingue mal sa foi de son passé. Je ne lui en parle jamais, bien sûr, mais… Elle s'imagine souvent qu'on lui en veut. Qu'on est contre elle. Par exemple, je sais qu'elle se sent coupable de la mort d'Élodie. Parce qu'elle la haïssait. Elle ne supporte pas qu'on parle de son assassinat.

— Vraiment ?

— Oui. Elle a toujours été comme ça. Même si elle avait raison de se défendre, elle se sentait coupable. Un jour, le chat d'un voisin l'a mordue au sang. On a retrouvé la bête morte, assommée par une pierre le lendemain. C'était peut-être exagéré comme réaction, mais Jeanne avait eu très peur de l'animal. Elle s'en était débarrassée d'une manière radicale... Elle s'en veut encore. Il ne faut jamais reparler de cet épisode.

— Elle peut être cruelle alors ?

— Ce n'est pas de la cruauté mais de la peur. Elle avait peur quand elle a tenté de poignarder Suzanne. Si elle se sent en danger, elle élimine le danger et ensuite elle le regrette. Le jour de mes dix ans, je portais une robe de velours mauve. Jeanne aurait voulu en avoir une neuve aussi. Elle avait peur qu'on ne rie d'elle parce qu'elle avait une vieille robe. Elle a renversé un bol de chocolat sur moi exprès. Mais après, elle pleurait de désespoir et de regret. C'est toujours comme ça. Son histoire de réincarnation, c'est un complexe de culpabilité poussé à l'extrême. Une manière de fuir la réalité.

— Pour Élodie Cartier, elle ne pourrait pas connaître le meurtrier et se taire, porter le poids du silence pour expier une faute envers cette personne ?

Sarah rejeta cette idée d'une moue indifférente, mais Graham entendit craquer les articulations de ses doigts.

— Comment pourrait-elle connaître l'assassin ? Vraiment, vous avez trop d'imagination, inspectrice.

— Peut-être, mais il m'a semblé qu'elle me cachait quelque chose. Jeanne pourrait me dissimuler la vérité pour protéger quelqu'un ? Est-elle loyale ?

Sarah s'agitait sur sa chaise ; Graham l'embêtait, elle ne l'avait pas encore séduite et pourtant l'inspectrice l'admirait. Elle finit par hocher la tête.

— Oui, Jeanne tient toujours parole. Mais il faudrait qu'elle soit très amoureuse pour faire une chose aussi grave… Elle aime bien Jacques Trottier, mais…

— Vous pensez qu'il aurait pu tuer Élodie ?

— Il avait un alibi, c'est ce que j'ai lu dans le journal.

— Oh ! le journal… Un alibi, ça se forge… Il avait une raison pour faire disparaître Élodie ?

— Mais je ne crois pas qu'il l'ait tuée…

— Qui alors ?

— Je ne sais pas, dit la comédienne sans un battement de cils.

Graham lui envia encore le brillant indigo et la parfaite maîtrise de soi. Elle avait vu bien des innocents dans ce bureau pâlir, rougir, trembler, pleurer, crier. Elle pourrait le confier à Sarah, qu'elle joue mieux l'honnêteté quand on la questionnerait dorénavant. Qu'elle comprenne que quiconque est convoqué au poste de police s'y présente avec appréhension.

— Bon, je vous remercie, dit simplement Graham. S'il y a un détail qui vous revient, appelez-moi…

Sarah se leva lentement malgré la violente envie qu'elle avait de quitter ce bureau. Graham lui ouvrit la porte, la laissa s'avancer dans le corridor pour mieux la rattraper.

— Eh ! Il commence à faire noir. Voulez-vous qu'un policier vous raccompagne chez vous ?

— Il n'est pas encore quatre heures.

— C'est pourtant sombre. Vraiment, vous ne voulez pas ?

Sarah sourit, rassurante :

— C'est inutile, j'ai pris l'auto de Pierre.

— Si toutes les femmes pouvaient emprunter une voiture. Est-ce que Jeanne en a une ?

— Jeanne ?

— Oui, elle est peut-être menacée aussi ?

— Mais elle n'est pas comédienne ?

— C'est vrai. J'oublie parfois. Elle est si proche de vous. Comme je crois que ces meurtres concernent les gens de théâtre... Vous allez garder vos cheveux longs ? Nous allons vous protéger mais...

— Pierre m'accompagne toujours maintenant.

Le visage de Graham s'éclaira.

— C'est très bien. J'aime mieux ça. Je vous souhaite une bonne soirée.

— Merci. À vous aussi, dit Sarah en s'éloignant de Graham trop rapidement. L'inspectrice allait-elle encore la retenir ?

— Oh ! moi... Une bonne soirée serait une soirée où je découvrirais le meurtrier.

— Oui, oui, souffla Sarah en reculant.

— Vous n'avez vraiment aucune idée ? Excusez-moi, vous êtes pressée et je suis là à vous retarder...

— Ce n'est rien, parvint à dire la comédienne mais elle tournait quasiment le dos à Graham.

Elle ne la vit pas sourire, presque malicieuse.

L'inspectrice la regarda traverser tout le couloir, tourner pour emprunter les escaliers et croiser Moreau qui montait pour la rencontrer. Sarah s'arrêta et désigna Graham du doigt. Elle était attendue et elle avait déjà tout raconté. Moreau s'emporta contre Graham :

— Tu devais me prévenir de sa présence !

— Je pensais que tu savais qu'elle était ici. Mais cours derrière elle, tu en as l'habitude…

— Je vais me plaindre, Graham. On ne peut pas travailler avec toi !

Moreau ouvrit la bouche, la referma, tourna les talons. Graham s'avoua qu'elle avait exagéré. Excepté Rouaix, personne ne l'accepterait si elle continuait ainsi. Même Berthier, si posé, finirait par réagir. Mais elle n'avait pas voulu que Moreau soit présent lors de l'interrogatoire de Sarah. Elle relut ses notes. Pourquoi Sarah aurait-elle tué Marie-France ? Si celle-ci avait été témoin du meurtre d'Élodie, pourquoi n'avait-elle rien dit ? Quel lien unissait Sarah à Marie-France ? Elle devait le découvrir, avant qu'il n'y ait une troisième victime. Elle travailla jusqu'à ne plus y voir clair. La nuit avait envahi son bureau, colorant les pages griffonnées d'une teinte irisée semblable à celle des yeux de Sarah. Et les spots de la cour, s'accrochant aux poignées de fer des tiroirs, en soulignaient les brillances métalliques. Graham se demanda si les verres de contact n'accentuaient pas l'étrange couleur, puis elle se souvint qu'un journaliste avait écrit que les lentilles de Sarah étaient réellement transparentes.

Le violet était vierge de toute supercherie. Graham secoua les notes avec irritation, puis les brassa, les mêla comme des cartes à jouer, désireuse de leur extirper un secret. Elle les étendit ensuite sur le sous-main, les contempla longuement avant de juger ce tarot indéchiffrable. Il y avait toujours l'obstacle : Marie-France.

Elle alluma la lampe, au pied énorme, qui encombrait son bureau. Bien qu'elle soit embarrassante, jamais elle n'accepterait de s'en défaire, détestant l'éclairage aux néons prisé par la maison. Dans la boutique d'un antiquaire de la rue Saint-Paul, Graham avait vu un abat-jour ambré, diapré d'émeraude, d'azur et d'amarante, et même si elle savait que la taille imposante la gênerait, elle avait acheté la lampe, la payant plus cher qu'elle ne l'aurait dû, incapable de dissimuler son coup de foudre au commerçant. Elle détestait marchander, de toute façon. C'était pourtant ce qu'elle faisait chaque jour, avec les témoins.

Elle ouvrit le seul tiroir qui fermait à clé et prit un sac de croustilles au vinaigre, même si elle avait davantage envie de chips au bacon. Elle déchirait l'ouverture du sachet quand le téléphone sonna.

Elle rougit en reconnaissant la voix du capitaine et enfouit immédiatement les chips au fond du tiroir, comme s'il l'avait prise en flagrant délit. Délit de quoi ? Elle devenait idiote ; elle avait bien le droit de manger ce qu'elle voulait. Elle pensa alors à Grégoire qui disait faire tout ce qu'il désirait.

— Inspectrice ? Vous êtes toujours là ?

— Oui, excusez-moi, on m'appelait sur une autre ligne. Je vous écoute.

Il voulait l'inviter à dîner. Elle ne trouva pas de prétexte pour refuser et elle se surprit même à le convier à prendre l'apéritif chez elle.

Elle avait bien fait d'accepter; on ne pourrait pas dire qu'elle était toujours désagréable. Elle ramassa ses notes, les fourra hâtivement dans sa vieille serviette et sortit d'un pas pressé du poste de police. Comme elle l'avait supposé, la température avait considérablement chuté. Tout allait geler dans la soirée. Et il y aurait des accidents. Sa voiture la surprit en démarrant immédiatement, mais les routes étaient traîtresses et elle dut se résigner à conduire lentement.

Elle hésita un peu à mettre la robe verte qu'Yves aimait. Elle revoyait les mains de son amant se poser sur ses hanches pour relever la laine céladon, découvrir ses cuisses, son ventre, ses seins. Lointaines, trop lointaines caresses. Elle soupira, tourna le dos au miroir. Si elle avait pu en faire autant avec le passé... Se raisonner, oublier. Tant de temps s'était écoulé depuis l'année précédente. Léo qui lissait ses moustaches alors qu'elle se regardait dans la glace, suivit sa maîtresse quand elle se dirigea vers la salle de bains. Il bondit souplement sur le siège de toilettes.

— Attends, j'abaisse le couvercle, tu pourras t'asseoir.

Entre deux traits de crayon vert sur ses paupières, Maud Graham flattait son chat qui ronronnait, même s'il essayait de bouder, car il avait compris qu'elle ressortait ce soir-là après avoir été absente toute la semaine. Elle ne pouvait donc jamais s'arrêter ? Il avait eu droit à six crevettes en guise de consolation et il devait reconnaître qu'elles étaient très bonnes, légèrement iodées. Et la neige ! Ce froid humide qui pinçait méchamment ses coussinets le rendait morose ; plus de sortie, plus d'herbe à mâchouiller, plus de sable pour s'y rouler. Qu'un interminable cauchemar blanc.

Graham se moquait gentiment des réticences de Léo envers la neige : autant il s'excitait à voir tomber les flocons, se précipitant aux fenêtres, prêt à les dévorer, autant il changeait d'opinion dès qu'il mettait un nez gris dehors. Il est vrai qu'il faisait exceptionnellement froid pour cette fin décembre. Graham prit son chat contre son épaule et ils écoutèrent la neige bleue gémir sous les bottes fourrées des passants. Moins treize degrés, huit heures moins treize. Le capitaine ne tarderait pas. Outre une assiette de crudités, Graham avait préparé des crevettes, les disposant en étoile autour d'un bol de sauce piquante et s'occupait à empêcher Léo de se resservir. Elle espérait que Larcanche n'aurait pas réservé de table, car il y avait près de chez elle un petit restaurant qu'elle adorait, mais elle n'y était pas retournée depuis sa rupture avec Yves. Elle n'avait pas voulu y aller seule et faire pitié ; même s'il n'y avait rien entre Larcanche et elle, on croirait qu'elle plaisait encore, c'était ce qui comptait. Elle avait failli inviter Rouaix, après leur retour de Montréal, pour célébrer leur mutation commune mais elle avait craint de trop se confier car Rouaix écoutait bien. Et puis, il avait tellement râlé en apprenant qu'il retournait à Québec. Graham avait tenté de le convaincre des avantages d'une petite cité : tous les gens se connaissaient. Justement ! Il préférait l'anonymat des grandes villes, ses services, ses visages multiples. Graham savait qu'il avait partiellement raison : Montréal offrait une vie culturelle plus riche, plus variée que Québec, mais jamais elle ne l'avouerait à Rouaix. Et, de toute manière, quand allaient-ils, l'un comme l'autre, au cinéma ? C'était du temps d'Yves, les films, les spectacles, le théâtre. Il aurait aimé l'enquête qu'elle menait, pénétrer ce monde de l'intérieur. Et il admirait Sarah Lay.

CHAPITRE 15

Samuel Larcanche parla à Léo avant de le caresser et le chat s'approcha de l'inconnu pour flairer l'odeur de neige qui restait au bas de son pantalon. Il accepta qu'on lui passe une main étonnamment chaude derrière les oreilles.

— Vous lui plaisez, dit Graham.

— Ça m'arrive, répondit Larcanche sans sourire et Graham ne sut que répondre.

Elle avait acheté une bouteille de Glenlivet même si elle détestait le scotch, car on lui avait dit que les Français buvaient souvent de cet alcool en apéritif. Elle préférait nettement la vodka, l'aquavit, la grappa, le gin, la poire, la mirabelle, la tequila, le kummel ; les alcools blancs lui valaient mieux.

Le capitaine opta pour l'aquavit et Graham se dit une fois de plus qu'il ne fallait pas croire tout ce qu'on racontait. Larcanche sourit en humant l'alcool aromatisé au cumin.

— Ça me rappelle mon grand-père. Il était danois.

— Ah ! C'est pourquoi vous êtes si blond.

— Oui. Votre grand-mère était irlandaise ?

— Non, je suis rousse parce que je suis rousse.

— Allez-vous couper vos cheveux ?

Graham soupira.

— Ils ne sont pas si longs.

— Vous ne voulez pas parler de l'enquête peut-être, demanda doucement le capitaine.

— Si.

Mais elle gardait le silence. Il le rompit :

— J'ai discuté un peu avec Roger Moreau aujourd'hui.

— Vraiment, dit Graham, ironique. Je croyais qu'il ne parlait qu'aux journalistes.

— Non, comme vous voyez…, répliqua Larcanche en riant.

— Et alors ? Que raconte-t-il de passionnant ?

— Il m'a dit que vous meniez votre enquête toute seule.

— Tout le monde le sait. Il n'a rien dit d'autre ?

— Que vous aviez interrogé Sarah Lay et que vous aviez été très contrariée qu'il la croise alors qu'elle quittait votre bureau. Que vous vouliez l'empêcher de la rencontrer parce que vous craignez qu'il ne veuille la draguer. Il prétend que vous pensez que les hommes ne songent qu'à *ça* et que ça vous choque parce que vous êtes très féministe. C'est vrai ?

— C'est vrai que je suis féministe.

Mais elle n'avait aucune envie de castrer les hommes, faillit-elle ajouter. Même plus, elle les aimait s'ils la considéraient correctement. Même plus, elle aurait voulu vivre avec quelqu'un. Même plus, elle pensait encore à Yves un an après.

— Moreau a terminé son petit laïus en me confiant que vous étiez une femme très froide, un glaçon enrobé de béton, pour reprendre ses termes, et que ce n'était pas comme cette Sarah Lay. Une vraie chatte en chaleur, il l'avait vu tout de suite !

— Quoi ? Il n'a pas été plus précis ?

Le capitaine secoua la tête.

— Et vous, comment voyez-vous Sarah Lay ? murmura Graham.

— Elle est très belle. Elle irradie. Elle a une présence extraordinaire, très forte, très brûlante.

— Brûlante à ce point ?

— Oui, mais pas chaude. Pas chaleureuse. Je ne crois pas aux volcans ; ils crachent le feu mais finissent bien par s'éteindre.

— Vous préférez peut-être les icebergs, pensa Graham.

Larcanche poursuivait :

— Toutefois, on y trouve les scarabées d'or. Juste avant que la lave coule. Quand la terre frémit, il paraît que les insectes remontent à la surface du sol et qu'on peut les capturer. Je constate que vous vous intéressez à l'entomologie.

Il désignait les quelques papillons sous plaque de verre qu'elle avait accrochés aux murs.

— Oui, ça me repose. Il faut faire si attention à ne pas briser une aile ou une antenne qu'on ne pense à rien d'autre. On se vide l'esprit.

— Moi, c'est les timbres.

— Oh ! c'est amusant, mon grand-père les collectionnait ! On doit pouvoir trouver ses cahiers chez ma tante. Si ça vous intéresse…

— Et comment !… Votre sauce trempette est délicieuse.

Graham rougit comme s'il lui avait dit qu'elle était belle.

Il neigeait à gros flocons quand ils sortirent. Ciel généreux, rideau opaque qui se muait en poussière étincelante sous les lampadaires, nacrait les trottoirs, les rues, les murs d'une caresse givrée, magique.

— C'est beau mais j'espère qu'il n'y aura pas de tempête, dit Graham. Ce sera encore plus dangereux après cette pluie et ce froid, et puis ça serait trop bête.

— Bête ? Mais j'en serais ravi, moi ! J'adorerais voir une vraie tempête !

— Bien sûr, c'est merveilleux. Mais pas un vendredi soir. C'est bon en semaine, pour que les enfants puissent ne pas aller à l'école. Si vous saviez comme c'est excitant de se coucher en espérant qu'on vous annonce le matin à la radio que les portes de votre collège sont fermées ! Et que vous échappez au contrôle de maths… Mais un vendredi, c'est gaspiller un capital-tempête, expliqua Graham faussement sérieuse. Et puis, la neige va énerver les gens, ils vont boire davantage et il y aura plus de bagarres, peut-être. Non, peut-être pas. On est en décembre. En décembre, on est heureux de voir la neige. Pas en mars. Vous savez qu'on a un des taux de suicide les plus élevés du monde ? Et surtout en mars ? C'est trop long, six mois d'hiver. Mais surtout, quand tout disparaît au soleil, les gens sont euphoriques. Un dépressif prend alors conscience que lui n'est pas mieux dans sa peau, lui seul. La fonte des neiges ne le soulage en rien.

Graham se tut, confuse d'avoir tant parlé.

Elle désigna l'enseigne d'un petit restaurant de l'autre côté de la rue que les bourrasques faisaient grincer sans relâche. En s'approchant de l'établissement, Graham sentit qu'elle rougissait, mais tous les clients crurent que c'était la bise qui avait coloré ses joues.

Elle enleva ses lunettes embuées pour les essuyer avec un coin de nappe, mais Larcanche douta qu'elle y vît plus clair. Sous des paupières saupoudrées de paillettes verdâtres, il découvrait un regard vert bouteille, strié de rouille. Il aurait juré qu'elle avait des yeux bruns tant les verres de ses lunettes étaient sales. Il lui en fit la réflexion.

— Je sais bien, mais c'est toujours à recommencer. Moi, ça ne me gêne pas.

— Vous êtes myope.

— Trop.

— Mais ça ne vous empêche pas d'être championne de tir au pistolet.

— Vous avez lu ma fiche ?

— Non, c'est votre patron qui m'a renseigné.

— Ah bon, dit Graham d'un ton trop décontracté, avant de remettre ses lunettes pour lire le menu. Je vous conseille le crabe des neiges.

— C'est de saison.

— Non, mais c'est meilleur que du homard et il y a plus de viande. Même si on ne vous sert que les pattes.

— C'est suffisant ? s'inquiéta le capitaine.

— Un crabe royal peut peser jusqu'à onze kilos et faire un mètre cinquante d'envergure.

— Que mangent-ils pour atteindre cette taille ?

— Les crabes royaux d'Alaska, vulgairement appelés crabes des neiges, se nourrissent de flétan, de morue, de saumon et d'éperlan. On en pêche 45 000 tonnes chaque année même si ces crustacés se déplacent en bandes pour échapper à leurs prédateurs. Les femmes devront bientôt en faire autant, souffla Graham abandonnant son ton doctoral.

— Elles ne commettront plus d'imprudences comme celles des victimes. Elles vont fuir les plaines, les endroits déserts, les ruelles sombres...

— Pas sûr... Je pense que les victimes connaissaient l'assassin. J'ai interrogé plusieurs amies de Marie-France ; elles m'ont répété qu'elles ne comprenaient pas qu'elle ait emprunté cet itinéraire pour rentrer chez elle. Elle était plutôt craintive et préférait une route bien éclairée.

— On l'a donc attirée dans ce guet-apens ?

Graham hocha la tête.

— Ou on l'y a accompagnée. On a pu proposer à Marie-France de rentrer avec elle.

— Ça explique l'étranglement, dit Larcanche. Ces femmes ne se méfiaient pas du meurtrier. Ou de la meurtrière...

Graham hocha la tête de nouveau, rassurée ; le capitaine émettait la même hypothèse qu'elle.

— C'est le gant qui a semé le doute dans votre esprit ?

— Oui, dit-elle. Quand on prend la peine de mettre des gants pour étrangler quelqu'un, même si on se sert d'une corde ou d'un bas, c'est étonnant qu'on les perde ensuite. On les garde aux mains. Surtout par un tel froid. C'est un indice qui manque de subtilité, non ?

— Moreau est persuadé que le criminel est un ancien amant des victimes et qu'il coupe les cheveux et barbouille les malheureuses de terre pour faire croire à un crime de maniaque, dit Larcanche.

— Pour la mise en scène, je suis assez d'accord. Mais son histoire d'amant... Vous ne l'avez pas contredit, j'espère ?

— Non, non... Il dit qu'il vous en aurait parlé mais que les histoires de sexe vous répugnent. "Vous savez comme sont les femmes", dit Larcanche en tentant d'imiter l'accent de Moreau.

— Vous savez vraiment ? demanda Graham en regardant fixement son assiette.

— Non, dit le capitaine en regardant Graham.

— Moi, dit-elle en relevant la tête, je sais qu'elles peuvent être aussi cruelles que les hommes. Aussi déterminées.

— Je n'en doute pas.

— Heureusement, Moreau n'a rien compris, il ne se méfie pas.

— Vous n'êtes pas un peu sévère avec lui ?

— Moi ? Non, se buta-t-elle.

Larcanche garda un silence réprobateur.

— Si, vous avez raison... Au fond, je suis bien contente que Moreau soit misogyne. C'est idéal, car il continue à parler d'un suspect aux journalistes. J'aime bien travailler en paix. Ou avec Rouaix. J'espère que vous le connaîtrez.

— Et moi ? Je ne vous gêne pas ? Il faudrait me le dire.

— Non, vous ne me dérangez pas. Et le gant n'appartient peut-être à personne.

— Ou à Sarah Lay.

— Pourquoi me parlez-vous de Sarah Lay ?

— C'est vous qui m'en avez parlé plusieurs fois. Vous avez voulu la voir seule. Vous aviez une raison, sûrement.

Graham hésita, puis décida qu'elle pouvait lui faire confiance.

— Je pense qu'elle est l'assassin. Mais ce n'est qu'une intuition. Un embryon, Je n'ai pas de preuve. La seule chose que je peux faire, c'est la surveiller pour l'empêcher de recommencer.

— D'où vient cette intuition ?

— Il faut bien un motif pour tuer, non ? J'en connais sept : la cupidité, la jalousie, l'envic, la vengeance, la passion, la colère et la religion. Et malheureusement, je ne crois pas à l'existence d'un maniaque, perpétrant ses crimes dans un esprit mystique. Je ne veux pas y croire, car ça ne me mène à rien depuis un mois. Tandis que Jeanne et Sarah, elles, sont animées par la passion. Jeanne détestait Élodie Cartier. Mais elle n'avait pas de raison de la tuer. Sauf la jalousie, peut-être, comme me l'a suggéré Sarah.

— Sarah ?

— Oui, justement, elle m'a trop parlé de Jeanne. Pas beaucoup, juste un peu trop. Évidemment, l'internement de Jeanne sert Sarah.

— L'internement ?

Graham relata les événements passés et leurs conséquences.

— Elle se soumet à Bernie, car il prétend l'avoir vue sur les Plaines ? s'exclama le capitaine. Mais c'est un chantage bien facile à condamner. Elle peut se débarrasser de lui, voyons !

— Jeanne refuse qu'on s'en mêle. Elle a toujours un doute… et elle était peut-être effectivement au parc des Champs-de-Bataille. Elle est convaincue que Bernie y était aussi et qu'il l'a vue. C'est possible. Et même plus : Jeanne a peut-être vu qui a assassiné Élodie et peut-être ne veut-elle pas nous le dire…

— Les gens sont vraiment compliqués… Cette fille est bien étrange.

— Sa cousine Sarah aussi. Elles se voient constamment et, pourtant, je jurerais qu'elles se détestent.

— Se détestent ?

— Mais elles s'aiment. C'est banal, me direz-vous… Jeanne protège Sarah, c'est le rôle qu'elle s'est fixé depuis toujours. Mais n'est-elle pas fatiguée de le jouer ? Sarah, en revanche, ne se lassera jamais d'être adulée, chouchoutée, admirée. Elle n'aimerait pas que Jeanne modifie son comportement…

Le serveur apporta l'entrée de saumon fumé avec une petite carafe d'huile d'olive. Le capitaine s'étonna de la présentation. À côté des fines tranches roses, il y avait des oignons crus et des câpres. Graham arrosa son poisson d'huile d'olive et le parsema de condiments, le poivra abondamment avant de le couper.

— On fait comme ça, ici. Mais ce n'est pas tout le monde qui aime l'oignon cru.

Elle avait hésité à en manger mais, si elle s'abstenait, n'allait-il pas croire qu'elle le faisait pour lui, qu'elle pensait à le séduire, qu'elle mettait toutes les chances de son côté, qu'elle voulait garder son haleine fraîche ? Elle ne pouvait pas se trahir si sottement.

— Alors ? Ça vous plaît ?

— J'ajouterais de la crème.

— Vous avez de la famille en Normandie ? Je n'ai jamais vu de vaches aussi grasses ; on comprend que la crème soit si bonne, si épaisse.

— Il y a longtemps que vous êtes allée en Europe ?

— Oui, assez. Quand j'étais jeune et belle.

Samuel Larcanche faillit protester mais il se retint ; il ne savait pas comment agir avec cette Graham qu'on comparait à un hérisson, qu'on disait frigide, insupportable, et trop étrange. Devait-il lui avouer qu'il aimait les chevelures auburn, les fronts hauts, les airs étonnés des myopes et les femmes qui ont du tempérament ? Elle avait baissé la tête et triturait son poisson avec un acharnement maladroit, se maudissant d'avoir laissé échapper ce cliché idiot. C'était trop tard, il se croyait maintenant obligé d'affirmer qu'elle était toujours jolie. Elle lui sourit en secouant la tête.

— Mais non, j'ai dit ça en plaisantant.

— Pas moi, affirma-t-il.

Elle rougit et redoubla d'ardeur à mettre son poisson en charpie. Il rit. Son air aussitôt courroucé le fit redoubler d'hilarité. Elle le regarda, interdite.

— Ne vous fâchez pas !

— Mais je ne me fâche pas, dit-elle, mi-figue, mi-raisin. On doit vous avoir souvent répété que j'ai un sale caractère. C'est vrai, c'est héréditaire.

Il avait deviné juste : elle était naïve.

— Et j'ai raison de me fâcher ! On sème la terreur, et moi, je ne bouge pas. Presque toutes les comédiennes se sont fait couper les cheveux. Celles qui ne s'y résignent pas sortent encore moins que les autres, c'est-à-dire pas du tout. Ou le font avec un homme. Et voilà, ça recommence ; si une femme ne veut pas se faire agresser, qu'elle ne quitte pas son foyer, sinon elle aura bien couru après son malheur. Il faut toujours avoir un homme dans sa vie, un protecteur, sans qui on ne peut pas faire un pas. Merde ! Pourquoi est-ce qu'on n'apprend pas le karaté aux enfants à l'école plutôt que le catéchisme ? Les prières d'Élodie et de Marie-France n'ont servi à rien !

— Elles n'ont sûrement pas pensé à prier si elles ont été attaquées par-derrière, par surprise.

— Ou si Sarah les a accompagnées…, disant qu'elles pouvaient emprunter ensemble le même chemin, qu'il n'y avait pas de danger à deux… Mais je ne comprends pas le meurtre de Marie-France. Pour Élodie, Sarah pourra toujours me répéter qu'elle l'aimait bien, je ne le croirai jamais ; Élodie était dangereuse pour Sarah, trop de talent… Elle risquait d'avoir le rôle. Vous savez pour Frédéric Guichard l'importance de cette production ! Ça ne s'est jamais vu ici.

— Et si c'était quelqu'un qui voulait nuire à cette production ? Qui tue les comédiennes par vengeance, parce qu'il a été évincé. Quelqu'un qui voudrait retarder, ralentir le tournage en semant la panique ?

Graham pinçait les lèvres en décortiquant son crabe ; la pince résistait, coriace, refusant de s'ouvrir, de livrer son délicieux secret. L'inspectrice agitait sa fourchette par petites saccades, en prenant garde de ne pas briser la chair mais, quand elle réussissait à déchirer la carapace, celle-ci se refermait aussitôt. Graham soupira :

— C'est comme mon enquête, on touche un point sensible mais tout demeure désespérément hermétique, clos.

— Il faut être patient. Le résultat en vaut la peine, dit Larcanche après quelques minutes d'efforts. Vous verrez, vous y arriverez.

— Quand ? Je ne crois pas vraiment à votre vengeur, à votre saboteur.

— Moi non plus, mais vous pouvez toujours occuper Moreau avec cette idée. Et même en parler à Sarah Lay et Jeanne Duroy. Vous prenez du dessert ?

— Jamais.

— Mais vous aimez le chocolat !

— Oui. Mais c'est surtout pour me changer les idées que j'en mange. Pas à la fin d'un repas, expliqua-t-elle, surprise qu'il sache qu'elle aimait le chocolat.

Quand la note arriva, Graham insista pour payer sa part. Il s'entêta à refuser. Elle lui expliqua qu'elle n'avait pas l'habitude d'être entretenue. Il répliqua que ce n'était pas dans ses mœurs d'inviter une femme pour partager ensuite l'addition. Elle soutint qu'elle ne voulait rien devoir à personne. Il lui dit que c'était dommage.

— Je ne voulais pas vous blesser, j'essaie d'être gentil avec vous.

— Pourquoi ?

— C'est dans ma nature, dit tranquillement le capitaine, qui s'amusait de l'agressivité de Graham.

Était-elle donc si timide ? Si peu sûre d'elle pour se rendre ainsi insupportable afin de vérifier si on tenait vraiment à elle ? Il ne la quitta pas des yeux en déposant le montant intégral de la note dans un petit plateau en bakélite, attendant quelque remarque cinglante, mais elle se leva sans dire un mot et se dirigea vers le vestiaire. Il n'essaya pas de l'aider à mettre son manteau mais s'effaça devant la porte de sortie. Il lui proposa un dernier verre, elle refusa.

— Non, je vais me coucher.

— Vous mentez. Vous ne rentrerez pas vous coucher. Vous allez traîner rue d'Aiguillon. Mais la neige balaiera toutes les pistes…

— Merci pour cette soirée, dit Graham. Excusez-moi, je n'ai pas l'habitude des mondanités, je n'aurais pas dû…

— Ce n'étaient pas des mondanités ; vous êtes d'une mauvaise foi étonnante.

— On ne vous l'avait pas dit ?

— Bien sûr, mais je vérifie toujours à la source.

S'il était toujours aussi calme, il devait se faire obéir sans avoir à commander.

Graham eut un petit sourire en lui tendant la main. Il la retint quelques secondes de trop et elle lui tourna le dos très vite, s'enfonçant dans la nuit blême. Les bourrasques l'enveloppaient comme un linceul, lui donnaient des allures de spectre, et de la voir en Mort fit frémir le capitaine ; il eut peur pour elle ; elle absorbait trop facilement les horreurs. Il faudrait bien qu'elle apprenne à ne pas supporter tout le poids du monde sur ses épaules. Ses étranges épaules ; Samuel Larcanche n'aurait pu dire si elles étaient rondes ou carrées tant elles dépendaient de l'attitude de Graham, inquiète ou riante, mais il espérait pouvoir un jour les caresser. Il pensait aimer le corps de cette femme, un peu âpre, un peu amer, un peu dur, un peu mou, un peu rude, un peu doux. Les coudes seraient déjà plissés mais les flancs seraient lisses. Le ventre rond mais raide probablement, à force de se crisper à chaque crime, à force de les entendre résonner au plus profond.

CHAPITRE 16

Maud Graham avait eu envie de faire demi-tour et de rejoindre Larcanche. Au lieu de ça, elle s'était raisonnée en se disant qu'elle serait ridicule. Mais était-ce vraiment plus sage d'aller rôder sous les fenêtres de Sarah Lay alors qu'un vent cinglant effaçait la ville, renversait les misérables humains qui le défiaient ? Têtue, elle remonta le col de son manteau pour résister aux incessantes rafales. Elle dévala plus qu'elle ne descendit la côte Sainte-Marie et s'arrêta quelques secondes pour reprendre son souffle. Elle ne constatait encore aucun des merveilleux effets promis dès l'abandon du tabac. Elle se demandait si elle n'allait pas recommencer quand on l'interpella.

— Hé ? Biscuit ?

— Oui, Grégoire, répondit-elle sans se retourner, qu'est-ce que tu fais dehors ?

— La même chose que toi.

— Qu'est-ce que tu veux dire ?

— Je surveille ta Sarah Lay. T'arrives trop tard, elle est couchée. Maintenant, j'vais pouvoir m'en aller. Elle n'est pas sortie.

— T'es sûr ?

— Écoute, Biscuit, je bois un peu mais c'est pour me réchauffer. On s'est croisés au dépanneur à six heures ;

elle m'a bousculée sans me voir, elle a parlé avec le patron et elle s'est acheté un paquet de Craven A ; puis elle est rentrée chez elle et n'est pas ressortie.

— Pierre n'était pas avec elle ?

— Non. En veux-tu, dit-il en lui tendant une flasque.

— C'est du gin, pas du gros gin, du Tanqueray.

— T'en bois beaucoup ?

— Tu me l'as déjà demandé ! C'est pas de tes business. T'es ici pour Sarah Lay ou pour me checker ? Parce que si t'as envie de jouer à l'assistante sociale, trouve-toi-z-en un autre que moi !

— On a toujours besoin de quelqu'un, dit Graham, oublieuse de sa propre politique.

— Tu parles comme le prof de catéchèse quand j'allais à l'école ; aimez-vous les uns les autres. C'est ce que je fais ! Si tu savais comme il y en a qui aiment mon petit cul ! Mais charité bien ordonnée commence par soi-même. Il faut qu'ils payent ! Je demande cher en hostie, Biscuit !

Il plissa les yeux ; le vent n'y était pas pour rien. Il avait l'œil des huskies, ces chiens-loups au regard aussi pâle que les vastitudes polaires qu'ils parcourent.

— As-tu fait beaucoup d'argent ce soir ?

Il haussa les épaules, finit par avouer que non.

— C'est bizarre, les soirs de tempête. Toujours.

— J'ai froid, on ne peut pas passer la nuit ici. Veux-tu venir prendre un verre chez moi ?

— Chez toi, Biscuit ? Qu'est-ce que tu veux ?

— Me réchauffer. Arrête de m'appeler Biscuit.

Il recula légèrement, protesta faiblement.

— J'ai assez travaillé pour aujourd'hui.

Graham lui secoua le bras.

— Je t'ai déjà dit que je ne voulais pas coucher avec toi. Je sais très bien que tu ne baises pas avec les filles. Je te le répète une fois pour toutes. Tu viens ou pas ?

Il l'attrapa en tirant sur son écharpe.

— Veux-tu dire que je suis une tapette ?

— Gay ou pas gay, ça ne me dérange pas, Grégoire, c'est clair ?

— Restes-tu loin ? On prend mon auto ?

— Es-tu fou ? La tempête ne se calmera pas. On y va à pied. À peine quinze minutes.

Il râla mais la suivit. Les flocons glissaient sur sa veste de cuir, il n'avait ni gants, ni chapeau, ni foulard.

— La prochaine fois que tu fais une filature, habille-toi plus chaudement.

— J'ai jamais dit que je t'aiderais encore, Biscuit…

Elle chercha les clés au fond de son sac. Dès qu'il entendit Graham introduire la clé dans la serrure, Léo se mit à miauler d'impatience, mais il recula quand il vit qu'elle était accompagnée.

— C'est mon chat Léo. Tu as faim, mon beau, dit-elle pour l'amadouer.

Elle l'installa sur son épaule en lui grattant le cou mais il refusa de ronronner. Elle le déposa sur la table de la cuisine en riant.

— Il est jaloux de toi.

— Pourquoi ? demanda Grégoire.

— Il n'aime pas partager mon affection…

L'adolescent détourna la tête, gêné mais heureux.

— Que veux-tu boire?

— Du cognac, si t'en as. Non, du rhum. Un rhum and coke. J'aime ça, le coke.

— Et la coke?

Il se raidit instantanément:

— Si tu m'as amené ici pour me faire la morale, je resterai pas longtemps!

— T'as raison, ça ne me regarde pas. Tu peux prendre ce que tu veux.

— Certain.

Graham se leva pour mettre un disque sur la platine. Suzanne Vega chantait la vie d'un enfant battu dont les voisins se refusent à entendre les cris. Grégoire arrêta l'appareil.

— J'aime pas ça cette musique-là.

— C'est vrai. Tu comprends l'anglais, non?

Il vida son verre d'un trait. Se resservit. Graham l'observait, souhaitant qu'il n'entende pas son silence comme une marque d'indifférence mais de respect. Allait-il parler?

Elle finit son gin-tonic sans qu'un mot soit prononcé. Le chat capta l'insoutenable tension qui habitait Grégoire et il se mit à pousser des miaulements déchirants comme s'il s'exprimait pour l'adolescent, comme s'il pleurait pour lui des années de violence, de peur, de haine, de peine.

Grégoire avait connu neuf familles d'accueil, car sa mère les battait, lui et ses frères.

— Elle nous aime, mais j'étais tannant. Puis Jean-Paul est tout le temps malade.

L'inspectrice entendait pour la millième fois ce récit de misère. Plus d'un enfant sur cent est placé chaque année dans un foyer d'accueil, avait évalué Graham. Né de parents sadiques ? Très rarement. Mais de pères et de mères en détresse, de jeunes femmes qui vivent de l'aide sociale et qui élèvent leurs enfants seules. Épuisées, déprimées, elles oublient de laver, d'habiller, de nourrir le bébé. Énervées, elles enferment l'aîné dans une garde-robe ou le frappent. Grégoire était turbulent chez lui. Il l'était aussi ailleurs. Jusqu'à ce qu'on le brise, qu'on abuse de lui sexuellement. Il avait voulu en parler, personne ne l'avait cru. On l'avait trimbalé d'un foyer à l'autre sans lui demander son avis, comme un objet. On l'avait traité comme un objet. Il se vendait comme un objet.

— Tu sais, Biscuit, les clients ne sont pas plus écœurants que mon oncle, affirma-t-il à Graham qui serrait son verre vide à le briser. Il y en a qui sont corrects, qui sont *smart* avec moi. Puis ils me paient eux autres, j'ai de l'argent.

— Oui, mais pour combien de temps ? C'est cher, la coke. Ou même le hasch si on en prend souvent. À moins que tu n'en vendes…

Grégoire quitta le vieux fauteuil en velours vert où il s'était enfoncé, d'un coup de reins sec. Il menaça Graham du doigt.

— Je m'en vais !

Graham le retint :

— Calme-toi, j'ai bien assez de m'occuper des meurtres. La drogue, c'est pas mon problème pour le moment. Je sais seulement une chose, c'est que tu te fais avoir si tu en vends. Si tu te fais arrêter et que tu te retrouves en dedans pour un bout de temps, le salaud qui te refile sa merde va continuer à faire son petit trafic en t'oubliant.

— Je voudrais bien te voir, moi, faire ce que je fais sans...

— Je sais, Grégoire, je sais. Moi aussi je boirais, ou je me shooterais si je devais me prostituer.

— Tu vois bien que j'ai raison. As-tu encore du coke ?

— Dans le frigo.

— Tu me laisses boire parce que tu veux que je te parle, c'est ça. Tu vas être déçue, j'ai rien à dire. Certain.

Il s'éloigna vers la cuisine en se dandinant légèrement. Elle sourit en pensant à Rouaix ; s'il savait qu'elle accueillait un prostitué ! Tout en la soutenant dans ses entreprises humanitaires (Rouaix était un des plus fidèles au centre d'écoute), il ne pouvait s'empêcher de taquiner Graham qu'il surnommait « Robine des Bois ». Ça ne lui plaisait pas tellement, car elle se demandait parfois si elle ne buvait pas trop, mais elle ne pouvait reprocher à Rouaix de féminiser le nom.

Grégoire revint avec le coke, une tranche de fromage kraft et un morceau de pain.

— Ça te dérange pas ?

— Je m'excuse, je n'ai pas pensé à t'offrir quelque chose. Je ne suis pas très dame d'intérieur.

Grégoire sourit en jetant un coup d'œil circulaire à la pièce.

— Oui, j'ai remarqué. Mais ça ne fait rien. Ce n'est pas mieux si c'est trop en ordre.

Graham fut légèrement vexée ; elle avait pourtant rangé avant l'arrivée du capitaine, passé l'aspirateur, épousseté la bibliothèque du salon. Bon, elle n'avait pas eu le temps de faire la chambre ; la porte s'était ouverte sur le capharnaüm. Et il y avait, bien sûr, des tas de pots de verre et des boîtes de carton dans un coin du salon, mais où pouvait-elle mettre tout ça ? Elle aurait eu besoin d'un atelier.

— C'est quoi tes pots ? C'est pour faire de la confiture ?

Elle éclata de rire :

— Non, c'est pour ma collection de papillons.

— Des papillons ?

— Et des insectes. Veux-tu les voir ?

— Ils sont morts, au moins ?

— Mais oui ! J'ai même un cochon ! C'est une sorte de scarabée brun, à corne. Il vit entre les écorces des arbres et peut tout percer avec son appendice. Il déchiquette un paquet de cigarettes en deux heures.

— Tu n'as pas recommencé à fumer, Biscuit ? Il ne te reste pas un vieux paquet ici ?

— Non, tu n'en as plus ?

— Non. Je dois repartir, de toute façon, dit-il en terminant son verre de rhum.

— Mais j'allais te préparer à manger.

Il refusa, affirmant qu'il n'avait pas faim, et Graham était incapable de deviner s'il la quittait parce qu'il en avait assez d'être avec elle, si les insectes le dégoûtaient ou si l'envie du tabac était plus forte que tout.

— Tu peux revenir après avoir acheté tes Player's. Ça ne me dérange pas.

Il eut un demi-sourire en lui disant qu'il connaissait maintenant son adresse et il se glissa dehors, gracieux, félin, et Graham crut un instant qu'on avait déguisé un lutin. La veste de cuir ne suffisait pas à créer l'illusion d'une force adulte. Et pourtant, il avait plus de maturité que bien des hommes. Il émouvait l'inspectrice par son arrogance naïve, son entêtement et sa fragilité.

Graham rapporta les verres sales à la cuisine ; l'évier coulait toujours. Elle devait changer les joints depuis des semaines, mais elle savait qu'elle laisserait tout à l'abandon tant que son enquête ne serait pas terminée. Rien d'autre n'avait vraiment d'importance. Elle mit longtemps à s'endormir, repensant à Grégoire guettant Sarah Lay dans le noir.

CHAPITRE 17

Graham arrosait ses érables d'intérieur tous les jours mais, le samedi, elle arrachait les feuilles séchées, les fleurs fanées et comptait les boutons. Le plus grand des arbres avait produit vingt-trois fleurs en novembre et ces multiples étoiles roses égayaient l'appartement de l'inspectrice. Elle avait déjà eu un papyrus mais son chat en aimait trop le goût. Graham ouvrit un placard d'où elle tira un cactus. Elle espérait qu'il fleurirait à Noël comme le marchand le lui avait promis. Elle devait le ranger à l'obscurité durant quelques mois et le ressortir un soir de pleine lune. D'ailleurs, il était conseillé de faire les boutures, de couper, d'écimer, d'élaguer les arbres quand la déesse Artémis éclairait le firmament de son attribut d'argent, permettant aux chasseurs de poursuivre dans la nuit la proie qui leur avait échappé de jour. Qui serait la prochaine victime ? se demanda Graham avec angoisse en étalant les photos d'une trentaine de comédiennes sur la table du salon. Elle avait coché certaines images, quand les femmes s'étaient fait couper les cheveux. Elle prit la photo de Sarah et jalousa son sourire de Joconde, car le mystère est séduisant. Elle se regarda dans la glace et sourit sans réussir à adopter ce frémissement énigmatique de la lèvre qui la rendrait peut-être plus sexy. Elle grimaça et retourna à son étude anthropo-métrique ; elle ne pouvait tout de même pas faire sur-veiller trente femmes, elle devait trouver le lien qui unissait Sarah à ses victimes. Seule Jeanne pouvait l'aider. Mais accepterait-elle ou continuerait-elle de protéger Sarah ? Graham avait eu l'impression que Jeanne ignorait si elle aimait ou non sa cousine, si elle voulait l'aider ou la fuir. Graham ressentait parfois ce trouble quand elle discutait avec certaines femmes battues qui voulaient à la fois se débarrasser de leur bourreau mais ne pas le quitter, qui criaient, avec raison, au monstre, au meurtre, mais qui répétaient qu'il les aimait pour les battre ainsi, pour être aussi jaloux. Et puis, ils regrettaient tellement après avoir tapé ; ils pleuraient, ils s'excusaient ; ça prouvait qu'ils tenaient à elles, non ? Non, affirmait Graham au début de sa carrière. Maintenant, elle se demandait com-ment elle pouvait discuter de ce qui était ou n'était pas de l'amour. Il ne lui manquait qu'un poisson rouge pour être une parfaite vieille fille. Ou un serin. Serin, serein, serin ? L'oiseau, la paix, le mépris. Elle repensa à Grégoire ; pourquoi lui avait-elle parlé de ses soup-çons concernant la belle comédienne ? Allait-il la surveiller ? Pourquoi l'avait-il guettée ? Graham errait dans son appartement, comme une somnambule, se cognant presque aux murs, attendant que neuf heures sonnent pour appeler Jeanne Duroy. En passant pour la sixième fois devant son miroir où elle se regardait si peu souvent, elle songea qu'elle se balançait comme les ours polaires du zoo d'Orsainville, complètement fous. Son enquête avançait d'un pas, reculait de deux. Sarah Lay avait tué Élodie Cartier. Bon. Mais elle n'avait aucun motif apparent pour tuer l'autre : retour à la case départ. Une certitude infime ; Sarah Lay n'avait pas tué la veille puisque Grégoire ne l'avait pas vue sortir.

Une certitude infime qui s'effondra plus vite que tout ce que Graham aurait pu craindre.

Les employés chargés du déneigement des rues eurent à peine le temps d'arrêter la souffleuse avant qu'elle ne broie le corps de Josette Blouin. Si elle avait été déchiquetée par les hélices tranchantes de la formidable machine, Graham n'aurait jamais su qu'un troisième meurtre avait été commis ; comment aurait-elle pu deviner l'étranglement dans la pulvérisation écarlate d'une femme sur les névés ?

Les employés étaient prêts à protester ; l'imbécile qui avait foutu ce cadavre dans cette ruelle aurait pu les discréditer auprès de leur patron. La Ville n'aurait pas renouvelé le contrat l'année suivante, le donnant à des concurrents plus soucieux de la sécurité des piétons.

Alain Gagnon n'était pas complètement éveillé quand il rejoignit l'équipe technique des homicides. Il fit un bref rapport à Graham sans oser poser de questions, émettre la moindre réflexion ; il avait l'impression qu'elle allait exploser sous ses yeux, de rage, d'angoisse et de douleur. Elle était pâle comme la morte et ses cheveux roux habituellement lumineux s'étaient ternis sous le choc. Derrière ses lunettes sales, elle clignait sans arrêt des yeux ; le médecin légiste savait bien que l'énervement plus que la réverbération du soleil sur la neige en était la cause. Il aurait voulu la réconforter mais il ne trouvait rien à dire. Sauf qu'il ferait tout son possible pour découvrir de nouveaux indices, faire parler davantage ce corps. Graham le remercia et abaissa le drap qui recouvrait le cadavre. La chevelure avait été coupée à la diable, enfoncée dans une bouche stupéfaite. On lui avait jeté une poignée de sable à la figure.

Le vent avait éparpillé quelques boucles qui se mêlèrent au contenu du sac renversé sur le sol. Les employés de la voirie juraient n'avoir touché à rien. Un porte-monnaie en plastique contenant le permis de conduire de la victime informa l'inspectrice sur son identité ; Josette Blouin vivait à Montréal où elle était secrétaire. Un billet de train daté du jour fit tristement sourire Graham ; pourquoi cette femme avait-elle choisi précisément ce jour pour visiter la capitale ? Elle aurait dû rester tranquillement chez elle à lire puisqu'elle aimait la lecture ; deux bouquins s'étaient échappés du sac. Graham s'empara d'un des romans Harlequin en soupirant ; la jeune femme ne rêverait plus jamais de déclarations d'amour enflammées, de passion, de serments échangés au clair de lune. Le livre s'ouvrit à la page 40 ; une photo servait de signet. Graham la regarda d'abord distraitement, puis avec stupeur.

L'image représentait une cigogne tendant un long bec rouge vers ses petits. L'inspectrice se souvint aussitôt du porte-clés d'Élodie Cartier. Pourquoi n'avait-elle pas trouvé d'effigie de l'échassier dans les affaires de Marie-France si c'était la signature du meurtrier ? Elle se rappelait bien la pièce de Molière, les essais sur Brecht et Pinter, et le numéro spécial du *Monde*. Elle devait avoir feuilleté trop rapidement ce dernier. Il contenait sûrement un reportage sur cet oiseau immense dans ses pages. Graham courut vers l'équipe technique pour leur demander de porter une attention particulière à cette photo découpée dans une revue, un *National Geographic* probablement, puis elle quitta les lieux du crime sans un regard pour Moreau qui discutait avec les journalistes.

Le capitaine Larcanche qui arrivait à ce moment-là courut derrière Graham :

— Alors ? Qu'avez-vous trouvé ?

Elle expliqua en deux mots que le rituel du crime se complétait maintenant d'une signature ; une représentation ornithologique.

— Je suis persuadée qu'on trouvera un article ou une autre photo dans *Le Monde* de Marie-France Dupont. Qui ne devait pas lui appartenir. Une cigogne... Pourquoi ?

— Symbole de fidélité. Les cigognes sont monogames, passent leur vie ensemble.

— Mais quel rapport avec Sarah Lay ? Elle n'est pas censée être sortie hier.

— Non ?

— Non, affirma Graham sans conviction. Je ne comprends plus rien...

— C'est peut-être réellement un fou qui tue... Pour punir ces jeunes femmes; elles n'ont peut-être pas la vie rangée qu'il suppose qu'elles devraient avoir?

— Un défenseur de la morale? Il faudrait qu'il connaisse très bien leur vie privée... Mais la dernière victime n'est pas de la région, ni comédienne.

— Alors?

— Alors, je ne sais pas. J'ai dit hier à Sarah Lay qu'on allait la protéger les soirs de pleine lune : si c'est elle la meurtrière, elle se sera dit qu'elle tuerait avec moins de facilité et se sera décidée à s'exécuter avant. Si cette victime lui est inconnue, c'est qu'elle n'a pas eu le temps de préméditer son crime. Mais alors, pourquoi elle ?... Pouvez-vous m'aider ?

— Bien sûr! dit Larcanche, qui s'étonna de la simplicité subite de Graham.

Elle le remarqua:

— Je n'ai pas le choix. Personne, hormis Grégoire, n'est au courant pour Sarah. Je ne peux pas avoir quelqu'un pour la surveiller sans risquer de tout gâcher. Mais il le faut. Et maintenant!

— J'y vais.

— Montez, dit l'inspectrice en lui ouvrant la portière de sa voiture.

Ils ne dirent plus un mot jusqu'à ce que Graham le dépose rue d'Aiguillon. Elle apprécia ce silence; elle ne supportait pas les hommes qui n'acceptaient pas son mutisme. Yves, souvent, l'avait dérangée dans ses pensées, interrompant l'élaboration d'une hypothèse, d'une question futile sur le menu du dîner ou l'émission de télévision. Comme elle ne répondait pas, il se plaignait de vivre avec un robot. Elle essayait de l'écouter mais très vite elle repensait à l'enquête en cours.

Graham feuilleta fébrilement *Le Monde* qu'un policier lui avait apporté. Au sommaire, la critique d'un roman racontant l'émouvant attachement d'un enfant orphelin pour une cigogne qu'il s'entêtait à considérer comme sa mère. *Ce roman au ton très personnel explorait de manière originale la quête de l'identité.*

Graham doutait que la lecture du roman l'éclaire sur l'identité du tueur mais elle allait tout de même se le procurer. Le dictionnaire lui apprit que la cigogne est un échassier, mais également une machine de guerre ancienne, faite d'une poutre oscillant sur un axe vertical. La guerre, oui, contre l'assassin. Qui pouvait parler à la fois des cigognes et de Sarah Lay ? L'inspectrice prévint Jeanne Duroy de son arrivée. Elle était pressée de quitter le poste avant le retour de Moreau.

En sortant dans le froid, elle s'aperçut qu'elle avait encore oublié de prendre ses gants.

Elle frotta la serrure de la portière avec le bout de son foulard et allait introduire la clé dans la serrure quand elle entendit crier « Biscuit » derrière elle. Pourquoi Grégoire se risquait-il à venir la voir au poste ? Ce n'était pas le genre d'endroit qu'il aimait fréquenter.

Il s'avançait vers elle, toujours aussi blême. Le soleil donnait des reflets bleutés à sa chevelure noire ;

des ailes de corbeau ou de mainate ont ces mêmes lumières. Le vent avait plaqué les épis en forme de plumes, les lissant vers l'arrière. Le casque d'Hermès. Mais Graham n'était pas certaine que Grégoire avait vraiment le sens du commerce. Hermès était aussi le dieu des voleurs et des tricheurs, le protecteur des entreprises dangereuses. Et un messager. Qu'allait lui annoncer l'adolescent? Qu'il n'avait pas surveillé avec l'attention qu'il prétendait cette Sarah que Graham continuait à soupçonner sans aucune raison?

— Biscuit! Attends-moi!

— Je m'en vais à la Haute-Ville. Monte.

Il se laissa tomber souplement sur le siège, fouilla dans les poches de sa veste et remit une paire de gants à Graham. Ils étaient verts avec des étoiles rouges et bleu outremer.

— Je les ai trouvés, prétendit-il.

Elle les accepta sans sourciller.

— Je te jure, Biscuit, je te jure qu'elle n'est pas sortie hier de chez elle, je n'ai pas bougé.

— Pourquoi es-tu resté à la surveiller?

— Pour t'aider.

— Ou pour l'aider, elle? Elle te paye pour que tu me racontes qu'elle n'est pas sortie.

— Arrête de dire des niaiseries!

— Toi aussi! M'aider?!

— Hier soir, non, mais ce matin, oui. J'étais obligé de passer la soirée en face de chez elle. J'attendais un client important hier.

— Plus important que les autres? Pourquoi?

— Arrête ! Tu le sais. J'ai pas le choix. Je dois rendre service à un gars. Il m'a dit que je ferais un bon *pusher* : "On ne se méfiera pas de toi, les flics vont bien voir que tu vends ton cul. Ils penseront à autre chose." Hier, j'ai même pas touché à l'argent, j'ai juste passé le paquet. Il y avait assez de coke là-dedans pour faire un gros gros party, c'est certain ! À cause de la tempête, le client est arrivé en retard, il est resté bloqué à Bernières. On devait se voir à huit heures. Je l'ai attendu jusqu'à onze heures quasiment. Il venait juste de partir quand t'es arrivée. Je gelais et j'avais rien d'autre à faire que de rester planté là à regarder ce qui se passait autour de moi. Sarah Lay n'est pas sortie. Parce qu'elle a eu de la visite, je suppose.

— De la visite ?

— Pierre n'était pas avec elle quand elle est rentrée, je t'l'ai dit. Ils devaient s'être encore chicanés ! Mais à neuf heures, j'ai vu un gars sortir de chez elle. Je l'ai remarqué parce qu'il avait une drôle de façon de marcher comme s'il portait des raquettes. Avec la tempête, il aurait pu s'en servir, certain. Il est revenu plus tard.

— Comment sais-tu qu'il allait chez Sarah ? Il peut habiter l'immeuble, non ?

Grégoire secoua la tête.

— Je l'ai jamais vu dans le coin. Et puis la lumière s'est éteinte chez Sarah juste après son retour. Je suis sûre qu'elle a invité le gars pour rendre Pierre jaloux. C'est leur genre de combine, certain.

— Ce gars, il était grand, non ?

— Pourquoi tu dis ça ? Il n'était pas vraiment grand.

— Tu l'as vu nettement?

— Non, Biscuit. Il y avait une tempête, t'en sou-viens-tu? Il portait une tuque pis un foulard remonté jusqu'aux yeux. Un gros manteau en duvet. Il est équipé pour l'hiver, certain. Vas-tu chez Sarah Lay maintenant? Elle était encore chez elle quand je suis parti pour te retrouver. Je l'ai vue passer avec un sac d'épicerie. Si c'est elle qui tue, ça y coupe pas l'appé-tit. T'es sûre que c'est elle? Ç'a pas de bon sens.

— Je sais.

— Je retourne la surveiller?

— Oui, elle ne se méfiera pas de toi; elle est habituée à te voir dans son paysage. Le capitaine Larcanche est déjà là. Vous ne serez pas trop de deux. Tu n'es pas venu ici avec ton auto?

— Non, dit Grégoire, embarrassé. Je l'ai prêtée.

— Ah bon.

— On se la prête entre amis, insista-t-il.

— Je comprends.

— C'est qui, le bonhomme Laclanche?

— Larcanche. C'est un gendarme français. Il est correct. Il ne peut pas m'aider officiellement. Vous êtes dans la même situation, dit Graham, mutine.

— C'est ton chum?

Graham protesta aussitôt en rougissant:

— Non, qu'est-ce que tu penses! Je ne le connais même pas. Et puis, c'est pas mon genre. En plus il habite à Paris.

— Énerve-toi pas, c'était juste pour savoir, dit Grégoire en souriant. Est-ce qu'il est beau?

— Je ne m'énerve pas… Beau… Je ne sais pas… Il est grand, blond. Avec une moustache. Il porte un manteau vert. Je lui ai dit d'attendre au coin de la rue Sainte-Claire.

— Si c'est une manière de me faire parler, change d'idée. J'y dirai rien de plus qu'à toi, je t'avertis. Certain.

— Grégoire… Cet homme qui t'a remis le…

— Essaye pas, Biscuit. J'sais même pas le nom du gars que j'ai vu hier. On n'a rien fait ensemble, on était déjà trop en retard à cause de la tempête. Pis ça lui disait rien.

— Mais te rends-tu compte de ce que tu risques si on t'arrête avec une livre de coke ? Es-tu fou ?

— J'suis pas fou, je vieillis. Ça sera pas long que je vais moins pogner.

— Pas déjà. T'as même pas dix-huit ans.

— Même pas dix-sept ans, dit Grégoire d'un ton cynique. Garde les gants, tu t'habilles trop *straight*, ça fera au moins ça de gai.

— Pourquoi tu fais ce que le gars te demande ? Il paye tant que ça ?

— Non. J'suis obligé. J'ai volé de l'argent et une radio dans l'auto d'un juge. Faut être cave ! Il m'a surpris. Avec un morceau. Il l'a pointé sur moi. J'pensais qu'il vous appellerait pour porter plainte pis qu'il me ferait un sermon en attendant que vous arriviez. Ben non… Il m'a dit qu'il était bien placé, qu'il pouvait tout oublier. M'éviter la prison si moi, j'étais assez gentil pour lui rendre service. Ça fait pas mal de services que je lui rends…

— Toujours en te prostituant ?

— Oui, pour lui la prostitution, c'est une bonne couverture. Il me répète souvent que "l'arbre cache la forêt, mon cul, la coke". Qu'est-ce que tu veux que je fasse ? Le tuer ? C'est pas l'envie qui m'en manque. Quand il me tripote, je voudrais vomir.

— Mais c'est du chantage, Grégoire ! Tu ne peux pas endurer ça ! cria Graham. Dis-moi son nom !

— Non, ça ne servirait à rien. J'veux pas aller en dedans, dit Grégoire en ouvrant la portière. Salut. Ça me fait de la peine pour toi, mais ta Sarah n'est pas sortie hier soir. À moins qu'elle ait tué la fille avant sept heures.

— Oui... dernier espoir : on ne sait pas à quelle heure elle est morte à cause de la tempête. Merci pour les gants.

Il claqua la portière et lui fit un petit signe de la main sans se retourner. Il s'éloignait en se déhanchant exagérément pour la provoquer, car il savait que c'était sans danger. Elle n'achèterait ni sexe ni drogue. On klaxonna furieusement, le feu était passé au vert sans que l'inspectrice s'en aperçoive. Elle démarra et tourna dans une rue à sens unique. Elle la traversa entièrement avant de comprendre son erreur. Elle s'arrêta avant de blesser un piéton dans sa surexcitation : Grégoire lui avait apporté la confirmation qu'elle espérait ; Sarah se déguisait bien en homme pour sortir. Elle avait quitté son domicile la veille, Graham avait un témoin. Mais aucun motif : la victime ne pouvait en rien rivaliser avec Sarah Lay. Les étoiles rouges des gants de laine étaient peut-être de la même teinte que le bec des cigognes. Jeanne Duroy saurait si sa cousine aimait ces grands oiseaux.

CHAPITRE 18

Le fleuve était calme après avoir participé à la tempête comme s'il se reposait de s'être bien amusé. Les crêtes des vagues se brisaient et se reformaient comme du mercure dans un mouvement régulier, berçant, lénifiant. Cette apparente immobilité rasséréna Graham ; elle eut subitement l'impression qu'elle touchait au but, qu'elle ne s'était pas trompée. Pourtant rien n'indiquait qu'elle avait raison. Son exaltation ne dura qu'une infime seconde, mais cette seconde la soulagea du malaise qui l'habitait depuis si longtemps, tissu d'angoisse et d'hésitation. Elle sifflait en frappant à la porte de Jeanne Duroy et le mainate qui l'entendit lui répondit.

Jeanne écarquilla les yeux en voyant les gants colorés. Graham les retira fièrement.

— Ils sont beaux, non ? C'est un cadeau. On me les a donnés.

— Othello, cesse de siffler une minute. Il est follement excité aujourd'hui, il n'arrête pas de jacasser, une vraie pie, enfin...

— Justement, je suis venue vous parler d'ornithologie, dit Graham.

— Pardon ? dit Jeanne, surprise.

— C'est en rapport avec le meurtre, rassurez-vous.

— Ça ne me rassure pas, explosa Jeanne.

Sa tresse s'éleva, secouée dans un mouvement brusque.

— J'ai vu Sarah hier. Je n'ai pas tellement aimé ses propos. Suite à votre rencontre. Si vous voulez m'arrêter, faites-le donc tout de suite !

— Qu'est-ce que vous voulez dire ?

— Sarah m'a dit que vous me soupçonniez.

— Vous croyez tout ce qu'elle vous raconte ? Pourquoi est-ce que je vous suspecterais ?

— Parce que je n'aime pas Élodie. Parce que j'ai été à l'asile.

— Mais vous ne manifestiez aucune animosité envers Marie-France Dupont et Josette Blouin.

— Quoi ? Josette…

— On a trouvé une troisième victime ce matin. À l'aube.

Jeanne déglutit, balbutia :

— Une autre ?

— Oui, c'est pourquoi je suis ici. J'ai trouvé une image représentant une cigogne dans un livre appartenant à la victime. Il y en avait une pour Élodie, et pour Marie-France. Parlez-moi des cigognes.

Jeanne s'exécuta machinalement, sous le choc de la nouvelle, incapable de s'étonner réellement.

— Il y a deux types de cigognes ; la blanche et la noire qui est plus farouche, moins familière que l'autre. Elles vivent dans les marais, les prairies humides, et nichent près des villes, dans des arbres, sur les toits des maisons. La cigogne est un oiseau migrateur ; les colonies quittent l'Alsace, l'Allemagne, pour l'Espagne. La cigogne craquette…

— Craquette?

— C'est son cri, mais à la saison nuptiale on peut aussi entendre des sifflements, des toussotements. La cigogne est fidèle : le mâle apporte des matériaux pour construire le nid, la femelle les assemble. Le nid, souvent réutilisé, accueille trois à cinq petits. La femelle relaie le mâle la nuit pour couver les cigogneaux…

Jeanne se tut, regardant son interlocutrice avec perplexité ; pourquoi discutaient-elles d'oiseaux, alors qu'on venait de découvrir un cadavre ?

— Elles sont fidèles ? Non ?

— Oui, je crois.

Jeanne souleva la théière d'une main mal assurée et le couvercle de porcelaine tinta.

— C'est du… darjeeling, j'espère que vous aimez.

Graham acquiesça.

— J'aime tous les thés. Moins ceux qui sont parfumés aux fruits, cependant. Le thé m'apaise ; il me semble que le temps s'arrête, flotte dans les effluves d'un chine fumé ou d'un English Breakfast… Saviez-vous que plus un thé est fort en goût, moins il l'est en théine ? Étonnant, non ?

Jeanne approuva et porta la tasse à ses lèvres. Elle se brûla sans s'en rendre compte.

— Vous ne savez pas pourquoi on a mis des effigies de cigogne auprès des victimes ?

— Non ! Comment le saurais-je ?

— Je ne sais pas… J'espérais… Vous êtes la seule personne que je connais qui aime les oiseaux et qui a un lien avec les victimes. Sauf la dernière peut-être…

Les mains de Jeanne se crispèrent autour de la porcelaine.

— Mais vous m'accusez ! Sarah n'a pas menti pour une fois ! Vous croyez que c'est moi ou non ! Pourquoi ?

— Il faut bien que j'envisage toutes les hypothèses. Il y a eu Enzo qui vous a quittée puis vous avez été amoureuse de Jacques Trottier, l'amant d'Élodie Cartier, non ? Il l'a préférée à vous, une sorte d'infidélité ? La cigogne symbolise l'inverse ; une manière de signer vos meurtres.

Jeanne posa sa tasse d'un coup sec et sonore :
— Mais vous êtes folle ! Je me fous de Jacques Trottier. C'est Sarah qui vous a parlé de lui. De ma jalousie maniaque ?

— Oui.

Bouleversée, Jeanne se taisait. Elle savait pourtant que Sarah avait parlé d'elle à Graham ; la comédienne devait commencer à avoir très peur pour raconter cette entrevue à sa cousine. Graham gardait un silence patient. Elle enleva son manteau lentement, se resservit de thé, le savoura. Othello s'agita dans sa cage et sa balançoire grinça. Jeanne sursauta, fixa l'oiseau, soupira.

— La vérité, inspectrice, c'est que c'est Sarah qui était jalouse d'Élodie. Et comme toujours, elle dit que c'est moi.

— Comme toujours ?

— Quand nous étions petites et que Sarah faisait une bêtise, elle la niait, je vous l'ai déjà expliqué. Elle ne pouvait pas admettre qu'on la gronde. Elle ne peut pas accepter de ne pas être parfaite, de ne pas plaire à tout le monde. Elle voudrait que la terre entière l'adore. Si ses relations avec les hommes sont orageuses, c'est qu'ils finissent toujours par sentir qu'ils ne suffisent plus. Jacques Trottier ne s'intéressait pas à elle. Elle ne l'a jamais admis et a aussitôt prétendu que c'était moi qui voulais cet homme. C'était vrai pour Enzo, j'étais jeune. C'est faux pour Jacques ; je n'aurais jamais voulu revivre de genre de… de passion.

— Bon, Sarah niait ses erreurs, d'accord, mais pourquoi voulait-elle vous faire porter le chapeau ?

— Il faut bien un coupable… Vous-même, vous êtes prête à… Sarah sait que…

Jeanne baissa la tête.

— Que ?

— Que j'ai toujours tu ses mensonges, dit-elle en s'animant subitement.

— Elle m'a parlé d'un chat que vous avez lapidé autrefois.

— Un chat ? s'étonna Jeanne. Lapider ? Un chat ? Je ne pourrais pas tuer un animal !

Et votre cousine ?

— Non, dit Jeanne sans conviction.

— Et le bol de chocolat que vous avez renversé sur la robe de Sarah le jour de son anniversaire ?

— Je ne sais pas pourquoi elle vous a raconté ces bêtises, mais elle a encore grimé la vérité : c'est elle qui a laissé échapper le bol. Volontairement. Elle était furieuse, car on célébrait l'anniversaire d'un petit voisin en même temps que le sien, elle n'était pas la seule reine de la fête. Elle a voulu attirer l'attention et qu'on la plaigne, je suppose. Jc n'ai jamais touché à ce bol… Pauvre Sarah.

— Vous avez toujours été témoin de ses mensonges, non ?

— Souvent, oui. Elle est vraiment douée pour se mettre dans des situations impossibles.

— Ah oui ?

— Le bal des finissantes… Au collège, elle avait dit qu'elle serait accompagnée par Yvan Tremblay. Vous vous souvenez de lui ? C'était un joueur de hockey, il a été repêché par les Bruins de Boston, je crois. Sarah avait assisté à quelques parties de hockey avec son père. Elle avait même pu parler à Tremblay après le match. Il lui avait dit qu'il la rappellerait. Vous pensez… Elle n'était même pas majeure. Mais elle a raconté à toute l'école qu'elle irait au bal avec lui. Jamais elle n'aurait avoué avoir tout inventé, et d'ailleurs elle s'en était bien persuadée. Alors, elle a avalé des tas de pilules. Elle nous a joué la grande scène du désespoir. Elle a préféré un lavage d'estomac à l'humiliation des aveux. Rien ne l'arrête.

— Vraiment ?

— Un jour, elle a appris qu'on cherchait un nouveau visage féminin pour un film. À Toronto. C'est moi qui ai téléphoné pour prendre les renseignements, me faisant passer pour elle. Car elle ne parlait pas anglais à l'époque. Elle a appris en trois semaines, au cas où on la convoquerait. Elle a une mémoire incroyable. Que son culot égale ! Il y a deux ans, elle a même eu l'idée de postuler pour des rôles masculins en se travestissant.

— On l'aurait reconnue ! protesta Graham pour masquer son excitation.

— Pas en Ontario. Ici, oui, sûrement. Elle ne l'a pas fait. Mais elle y a pensé, elle est toujours prête à tout. Et c'est vrai qu'elle peut beaucoup. Elle a une ténacité, une résistance, une imagination débordante. Et parce qu'elle est très généreuse, on ne peut rien lui refuser. Elle arrive toujours à ses fins. Avec moi en tout cas, conclut Jeanne.

— Est-ce qu'elle s'intéresse aux oiseaux ?

Jeanne s'étouffa en buvant son thé, dévisagea Graham.

— Que voulez-vous dire ?

— Que Sarah Lay est peut-être fascinée par les mœurs des cigognes. Qu'elle a peut-être tué ces trois femmes.

— Sarah ne connaît rien aux cigognes, dit Jeanne platement, comme si son émotion était tombée. Vous vous trompez. Pourquoi aurait-elle tué cette inconnue ?

— C'est le problème. Je ne sais pas mais je trouverai.

— On continue à parler d'un homme dans les journaux ?

— Et alors ? Elle se travestit plus tard que prévu, pour un rôle d'assassin. C'est possible, non ?

Jeanne courba les épaules.

— Vous savez que j'ai raison, murmura Graham. Aidez-moi.

Le silence total permit à l'inspectrice d'entendre sonner le glas de la basilique au moment où elle demandait à Jeanne de livrer Sarah, d'enterrer le seul pouvoir qu'elle avait sur sa cousine : le silence, et d'accepter de se haïr d'avoir trahi.

— Qu'est-ce que vous voulez ?

— Je ne sais pas, reconnut Graham. Mais vous croyez aussi qu'elle a tué ?

— Peut-être.

Jeanne scrutait le fond de sa tasse comme si elle cherchait à découvrir quelque signe dans les feuilles dépliées ou agglutinées sur le bord. Graham l'imita. Elle vit le long bec d'une cigogne s'aiguiser en poignard pour tenter de couper les branches d'un nid qui se dénouaient alors comme une chevelure. Elle frissonna, la tasse était pourtant brûlante. Des feuilles bougèrent un peu quand Graham la reposa dans la soucoupe et elle devina une bouche ouverte, prête à crier.

— Qu'avez-vous vu ? demanda-t-elle à Jeanne.

— Un téléphone. J'ai appelé Sarah avant votre arrivée. Pour la prévenir.

— Qu'est-ce qu'elle peut faire ? S'enfuir ? dit Graham en gardant difficilement son calme.

— Elle peut tout, inspectrice. Je lui ai dit que vous la soupçonniez. Que vous veniez m'interroger à son sujet.

Jeanne repoussa sa tresse d'un geste brusque.

— Vous ne l'avez toujours pas coupée, constata Graham. Vous n'avez jamais eu peur de Sarah ?

— Non. Sarah ne peut pas me surprendre. Je la connais trop. Je la connais mieux qu'elle-même.

Le ton légèrement suffisant de Jeanne déplut subitement à Graham qui se demanda si elle ne préférait pas Sarah à sa cousine qui la présentait comme un monstre capable de tout. Pour qu'il y ait des bourreaux, il faut bien qu'il y ait des victimes ; Jeanne avait été particulièrement consentante. Graham regretta aussitôt cette pensée assez stupide ; on lui avait dit si souvent que les femmes battues ou violées devaient aimer ça, au fond, être victimes, puisqu'elles ne se défendaient pas. Yves lui-même lui disait qu'elle était masochiste de faire le boulot qu'elle faisait avec sa sensibilité. Il s'était lassé de la voir rentrer à la maison bouleversée. Il voulait une femme plus joyeuse. Elle le faisait rire seulement quand elle essayait de cuisiner car elle ratait tout, sauf la sauce trempette pour les légumes. Et le thé.

Graham souleva le couvercle de la théière. Elle était vide. Les feuilles grises et brunes formaient un sombre magma. Son enquête.

— J'en refais ? demanda Jeanne.

— Oui, merci.

L'inspectrice n'avait plus froid, ni soif, mais elle n'avait aucune envie de partir, de rentrer au poste, de retrouver Moreau. Elle ne voulait pas quitter cet appartement où les silences s'étiraient souvent, sculptant la réalité des mots. Apportant l'ombre qui fait la lumière. Comme les quasars et les trous noirs. Graham ne connaissait rien à l'astronomie mais elle pensait souvent aux étoiles. Elle devait se souvenir qu'elles vivent depuis des millénaires, que la terre n'est qu'une parcelle de l'univers, infime. Que les êtres qui l'habitent sont minuscules, microscopiques, dérisoires, insignifiants. Elle devait se le rappeler pour s'endurcir, pour se calmer, pour relativiser les choses.

Jeanne revint avec la théière, servit Graham.

— Pensez-vous que Sarah pourrait se suicider ? Si on avait la preuve que c'est elle l'assassin ?

— Je ne sais pas. Ce serait reconnaître la vérité.

— Et s'enfuir, c'est aussi un aveu, non ?

— Oui, mais c'est aussi une aventure. Elle pourrait facilement se prendre pour Bonnie Parker. Sarah ne vit pas la réalité, vous comprenez ?

— C'est pourquoi vous l'avez toujours protégée.

— Oui. Non.

— Elle est folle, non ?

Jeanne eut un sursaut, elle détestait qu'on parle de folie et elle ne pouvait se résoudre à trahir si facilement sa cousine.

— Folle ? Savez-vous vraiment ce que c'est ?…

— Non, mais tous ses mensonges…

— Vous ne pouvez pas saisir, murmura Jeanne. Sarah est un phénomène. On ne peut pas vivre avec elle, mais on ne peut pas se passer d'elle. Tout prend du relief quand elle est là, elle irradie, elle illumine…

— Il faut bien qu'il y ait de l'ombre pour vénérer le soleil.

— Je sais. C'est pour ça qu'elle m'aime bien. Elle connaît son pouvoir sur moi. Elle a raison : je l'ai appelée pour la prévenir de votre visite.

— Vous vouliez la pousser à agir ?

— Je ne sais pas.

Graham crut Jeanne. Elle aurait prévenu Sarah que le piège allait se refermer, mais elle n'aurait pu ni voulu dire si elle lui donnait une dernière chance ou si elle l'acculait au mur. Jeanne entortilla le bout de sa natte autour de son index, fronça les sourcils.

— Oui ?

— J'essaie de me souvenir. La cigogne... Ça me rappelle quelque chose...

— En relation avec Sarah ?

— Je ne vois pas...

— Au téléphone, elle ne vous a rien dit qui puisse... ?

— Elle a dit qu'elle passerait me voir en fin d'après-midi. Et qu'elle ne vous craignait pas car elle était innocente. Elle a même ajouté qu'elle avait peut-être une idée du coupable. Vous ne vous demandez pas ce qu'elle fait en ce moment ?

— Non, quelqu'un la surveille. Ne le lui dites pas. Mais vous pouvez lui répéter que je la soupçonne, dit Graham en remettant son manteau. Je crois que c'est ce que j'aime le moins de l'hiver, la pesanteur des vêtements.

Jeanne mit quelques secondes à comprendre ce dont il s'agissait. Elle n'aimait pas tellement cette façon qu'avait Graham de faire des petites réflexions anodines exprès pour la dérouter. Elle approuva d'un signe de tête avant de la raccompagner. Graham perçut très nettement l'effort que lui coûtait son sourire.

CHAPITRE 19

Le jour commençait à décliner. Le ciel bientôt marine iriserait les banquises opalescentes qui dériveraient sur le fleuve. L'air sentait l'eau froide, et, en soufflant pour se rappeler la fumée d'une cigarette, Graham pensa qu'il y aurait du givre sur la moustache du capitaine Larcanche. Combien d'hommes avait-elle embrassés qui portaient une moustache ? Elle rougit. Ses joues avaient la même teinte vermeille que le soleil qui se mourait lentement au loin, mais personne n'était là pour voir comme ce fard naturel lui allait bien. Même si elle en doutait. Elle mit ses gants en se jurant qu'elle découvrirait qui était le salaud qui profitait de Grégoire, tout en sachant que le problème ne serait pas réglé pour autant. Qu'avait-elle à proposer à l'adolescent s'il arrêtait tous ses trafics ? Une vie rangée, sans beaucoup d'argent, sans grande excitation. Jeanne n'avait pas supporté Sarah comme Graham l'avait pensé. Pas vraiment, pas complètement ; elle était curieuse de sa cousine, aimait qu'elle la surprenne, qu'elle ose. Sarah lui donnait un spectacle permanent. Graham avait hâte maintenant d'arriver au poste pour savoir si le capitaine ou Grégoire avaient de nouvelles informations. Elle serait bien allée les rejoindre rue d'Aiguillon mais elle ne pouvait risquer d'être vue par Sarah.

Moreau se rua sur elle dès qu'il l'entendit pousser la porte du bureau.

— Où étais-tu ?

— J'enquêtais.

— Ce n'est plus la peine. Le patron te débarque de l'affaire. Pendant que je me tue à l'ouvrage, madame se promène en ville. J'ai dû m'occuper de tout, des journalistes…

— Mais tu aimes les journalistes !

— Ils sont fous ! hurla Moreau. Et ils ont raison ! Il y a un malade qui étrangle n'importe qui, n'importe quand. On n'a rien ! Personne n'a rien vu ! Qu'est-ce que tu veux que je leur dise aux journalistes ? Ça va être beau ce soir dans les journaux !

— Ils font leur métier, dit Graham, suave.

Moreau suffoqua d'indignation mais il se ressaisit pour lui dire que le patron l'attendait.

Graham sortit sans se presser, sans manifester aucune gêne et son calme acheva d'exaspérer Moreau qui s'alluma une cigarette pour se venger.

Robert Fecteau dévisagea froidement Graham pendant quelques secondes. Elle en fit autant.

— Arrogante, baveuse par-dessus le marché ! siffla le patron. Vous dépassez les bornes, Graham. J'ai été plus que patient. Je vous retire l'enquête.

— Non, donnez-moi encore deux jours.

— Quoi ?

— Deux jours, même pas. Ça va aller vite maintenant.

— Pour avoir une quatrième victime ? Vous savez ce que ça fait une histoire pareille ? Dans une ville plutôt tranquille ?

— Il me manque seulement des aveux, dit Graham, sans se soucier de la colère de son patron. C'est tout.

— C'est tout ?

— De toute manière, vous n'avez rien. Pas une piste. À moins que le portrait-robot de Moreau n'ait donné quelque chose ? Non ?

— Vous avez des preuves ? Un témoin ?

L'inspectrice raconta son entrevue avec Grégoire et avant que le patron n'ait le temps de rejeter les hypothèses s'appuyant sur les seules impressions d'un prostitué drogué, Graham lui expliqua le plan envisagé pour piéger Sarah Lay. Robert Fecteau soupira de fatigue et d'énervement. Cette Graham l'épuisait avec ses idées saugrenues mais si elle avait raison ?

— Vous ne serez pas seule.

— Je ne travaillerai pas avec Moreau.

— Graham !

— Ce n'est pas un caprice. C'est trop tard, c'est tout. Faudrait que je m'explique. C'est ma faute, d'accord, mais on n'a pas de temps pour les regrets.

— Vous faites ce que vous voulez, vous désobéissez, vous méprisez vos collègues et vous pensez que c'est suffisant de dire excusez-moi-je-me-suis-trompée ? C'est trop facile.

— Oui, je sais.

— Il y aura des sanctions.

— Oui. Est-ce que je peux demander Berthier et Jasmin ?

— Oui. Sortez maintenant, je vous ai assez vue.

— Bien, monsieur.

Graham hochait toujours la tête en sortant du bureau. Elle avait gagné un sursis. Mais elle fut déçue de constater qu'il n'y avait aucun message de Larcanche ou de Grégoire. En attendant qu'ils se manifestent, elle expliqua les futures manœuvres à Berthier et Jasmin. Puis elle composa le numéro de Jeanne Duroy. C'était occupé. L'inspectrice raccrocha avec impatience. Elle avait la main sur l'appareil quand la sonnerie retentit : Grégoire l'avertissait que Sarah Lay avait quitté son domicile. Le capitaine la suivait.

— Il est pas mal, votre type, pas mal *cute*, dit-il. Ils ont pris la rue Saint-Jean. Vers la Haute-Ville.

Où allait-elle ? En attendant d'avoir des nouvelles du capitaine, elle rappela chez Jeanne. Occupé. Toujours occupé. Elle tenta vainement de la rejoindre pendant trente minutes. Quand Jeanne répondit enfin, elle semblait très tendue.

— Sarah est chez vous ?

— Non, elle vient de partir.

— J'ai essayé de vous joindre pendant une demi-heure. À qui parliez-vous ?

— À personne, le téléphone était décroché.

Graham soupira, elle en avait assez des mensonges.

— Que voulait Sarah ? Savoir ce que je vous avais dit ? A-t-elle dit ce qu'elle comptait faire ?

— Non, mais elle n'avait pas l'air inquiète. Pas du tout.

— Bon. Je vous rappellerai bientôt. Vous n'avez pas retrouvé pour la cigogne ?

— Non.

Graham reçut l'appel de Larcanche avec soulagement : elle ne s'était pas trompée. Elle sortit en trombe de son bureau pour retrouver Berthier et Jasmin. En route, elle leur répéta ce qu'elle attendait d'eux ; ne pas reconnaître le capitaine et traiter Sarah comme une victime réelle du maniaque. Qu'ils la plaignent, qu'ils la suivent à l'hôpital, qu'ils la ramènent au poste sans que Moreau soit au courant. Graham appela Jeanne pour l'avertir qu'elle irait la chercher. Dix minutes plus tard, elle sonnait à sa porte avec insistance. Sans lui laisser le temps de réfléchir, elle l'entraîna à sa voiture.

— Sarah a fait semblant d'avoir été attaquée.

— Oh non ! s'exclama Jeanne.

— Si. Et je veux qu'elle croie que vous l'avez vue faire. Que vous l'avez suivie. Vous allez courir vers elle comme si vous vouliez la secourir. Vous direz que vous m'avez rencontrée par hasard alors que vous sortiez et que je vous ai interpellée et mise au courant. Vous n'aurez rien de plus à raconter, je m'en charge.

Graham et Jeanne rejoignirent le capitaine près des Plaines d'Abraham. Il soutenait Sarah et tenait son foulard à la main. Elle sanglotait, en proie à une crise nerveuse. Graham courut vers elle, devançant Jeanne de quelques secondes. Elle lui dit qu'une ambulance arriverait incessamment, puis elle laissa Jeanne enlacer sa cousine comme si elle tentait de la calmer. Sarah ne put dissimuler sa surprise en voyant Jeanne ; Graham devinait qu'elle se raidissait à son contact, même si elle s'appuyait sur elle. Graham s'empressa de questionner Sarah avant que celle-ci n'ait pu parler avec Jeanne.

— Comment est-ce arrivé ?

Sarah gémit. Elle sortait justement de chez Jeanne et marchait depuis quelque temps quand on l'avait attaquée par-derrière. Sans ce monsieur qui était arrivé au bon moment, elle serait morte. À cette idée, elle se remit à sangloter. Graham lui tapota l'épaule puis elle demanda à Larcanche s'il avait vu l'agresseur ou remarqué quelque chose d'insolite.

— Je n'ai vu personne, mais là-bas, vous allez trouver une petite statue en caoutchouc. On dirait une sorte de flamant rose mais il est blanc. J'ai failli l'écraser à cause de la neige, je ne l'avais pas vu. Je n'ai touché à rien.

— Bien, je vous remercie… Si vous voulez m'accompagner à la voiture, je prendrai votre déposition. Voici mes collègues, dit Graham en présentant Jasmin et Berthier à Sarah. Ils vont vous emmener à l'hôpital. Ensuite, si vous vous en sentez la force, ils vous accompagneront jusqu'au poste où vous ferez votre déclaration. Il faut qu'on attrape l'assassin ! Et vous pourriez nous aider ; vous êtes la première à survivre !

Graham se détourna ; ne pas en faire trop, Sarah était intelligente.

Elle la précéda jusqu'à la voiture et lui dit de ne pas se préoccuper des journalistes ; elle les musellerait, personne ne l'embêterait. La comédienne remercia d'une voix faible.

Graham avait hâte que la voiture démarre, car elle craignait que Jeanne ne réagisse et ne dévoile tout. Elle lui dit que Sarah s'était trahie elle-même. Et que c'était une criminelle.

— Rentrez chez vous. Je vous appellerai quand j'aurai vu Sarah.

Jeanne s'éloigna, serrant les pans de son manteau. Il semblait à Graham qu'elle avait maigri depuis le début de la journée, ses joues se creusaient quand elle parlait à sa cousine.

CHAPITRE 20

Larcanche fit un rapport détaillé ; sa rencontre avec Grégoire, leur planque, l'ingéniosité de l'adolescent qui avait détourné l'attention de Sarah quand elle était sortie de chez elle en lui demandant un autographe, sa filature jusqu'aux Plaines. L'obscurité, les arbres, les buissons lui avaient permis de suivre Sarah sans qu'elle s'en aperçoive. Il l'avait vue enrouler un foulard autour de son cou et serrer en frottant plusieurs fois. Elle avait ensuite enlevé son chapeau ; ses cheveux étaient courts. Elle les avait coupés avant de partir de chez elle, avait mis les longues mèches dans un sac de plastique fin, les en avait retirées pour les jeter autour d'elle. Puis elle s'était allongée dans la neige et avait porté une dernière boucle de cheveux à sa bouche. Larcanche avait attendu une dizaine de minutes avant de se manifester. Elle mimait l'évanouissement quand il s'était approché. Puis la terreur quand elle s'était éveillée. Elle s'étouffait avec sa chevelure. Il lui avait enlevé son foulard malgré ses protestations. Il avait dû la prier longuement avant qu'elle consente à le laisser aller téléphoner.

— On aurait cru réellement qu'elle était en état de choc. C'est une grande comédienne. C'est du gâchis. Guichard aurait eu une partenaire digne de lui…

— Si elle avait été persuadée d'avoir ce maudit rôle, rien ne serait arrivé… Peut-être que si, tout de même…

Larcanche savait que Graham avait envie d'être seule pour attendre Sarah. Il prétexta la faim pour lui fausser compagnie.

— Je serai ensuite chez moi, j'attendrai votre appel, dit-il avant de s'éloigner pour héler un taxi.

Graham n'avait pas d'appétit mais elle s'acheta un sac de chips au ketchup. Pour s'occuper et parce qu'elle éprouvait une sorte de creux gênant au ventre. L'enquête l'avait emplie tout entière et voilà qu'elle se terminait, qu'elle se réduisait, disparaissait comme la fumée de la cigarette que Graham avait failli emprunter à Jasmin. Et comme le tabac, l'enquête allait lui manquer, excitant mortel. Elle froissa le sac de chips vide pour en faire une boulette, elle visa la poubelle et la rata. Elle se leva, ramassa le papier et vit un cafard qui courait le long du mur. Elle sursauta, recula, puis se rapprocha de la bestiole. Comment l'insecte était-il arrivé dans son bureau ? Graham n'aimait pas tellement les coquerelles mais elle ne l'écrasa pas. Elle était fascinée par les facultés d'adaptation des blattes ; arrosées de pesticides, plusieurs mouraient mais aussitôt une nouvelle génération naissait, immunisée contre le fatidique produit. Même pour les écraser, il fallait donner un bon coup sur leur carapace étonnamment résistante. Et pourtant légère ; les cafards se déplaçaient très vite quand ils sentaient le danger. L'inspectrice se demanda pourquoi la mélancolie se traduisait par le même mot. On appelait aussi cafards les délateurs, les espions. Mais on faisait peut-être allusion à la rapidité, la mobilité de l'insecte, sa facilité à se glisser dans le moindre interstice. La bestiole disparut entre deux lattes de bois verni et Graham se releva. Elle se résigna à signaler les nouveaux développements à son patron. Il lui apprit que Moreau était sorti pour rencontrer un témoin qui s'était manifesté dans l'après-midi après avoir lu l'annonce de la mort de Josette Blouin dans l'édition du soir du journal. Il était surprenant qu'il n'ait pas su la nouvelle plus tôt dans la journée, car toute la ville en parlait. Le standard téléphonique du poste était constamment occupé ; les gens appelaient pour se plaindre, pour demander une protection, pour faire des suggestions. Une station de radio n'avait pas manqué d'exploiter ce filon, la question-du-jour-à-nos-auditeurs : « Que doit faire la police ? » Graham avait écouté l'émission cinq minutes, le temps de mesurer l'hystérie, justifiée, de ses concitoyens.

Sarah revint enfin de l'hôpital, accompagnée de Jasmin et Berthier qui semblaient ravis de leurs rôles de gardes du corps ; ils ne croyaient qu'à moitié à l'hypothèse de Graham, charmés par le regard violet de Sarah Lay.

L'inspectrice s'enquit de la santé de la comédienne, puis lui demanda si elle avait vu quelqu'un la suivre plus tôt dans la journée.

— Non. Personne. Je ne vois vraiment pas qui... Mais vous aviez raison, inspectrice, en disant que j'étais visée. J'aurais dû vous croire. Je suis partie de chez Jeanne sans penser que j'étais imprudente. J'avais envie de marcher sur les Plaines. C'est magnifique après une tempête. Je n'y retournerai plus jamais !

— Jeanne doit vous avoir rapporté que je lui avais dit que je vous soupçonnais ?

Sarah se mordit les lèvres.

— Oui. Mais je ne l'ai pas crue. Vous m'aviez bien dit que vous me pensiez menacée. Et je l'étais. Je ne peux pas être à la fois victime et bourreau, n'est-ce pas ?

Mais si, pensa Graham. C'est toujours comme ça ; rien n'est vraiment blanc, ni noir. Mais elle dit seulement à Sarah que Jeanne ne lui avait pas menti, qu'elle lui avait répété correctement ce qu'elle lui avait confié.

Sarah fronça les sourcils mais ne perdit pas contenance malgré une surprise inquiète.

— Je ne vous comprends plus…

— Je suis désolée, vraiment, commença Graham, mais je… je sais que vous aimez Jeanne…

— Oui, évidemment, qu'est-ce qui…

— Je lui ai dit que je vous soupçonnais, car je ne voulais pas qu'elle se doute que c'est elle qui nous intéresse. C'est elle la meurtrière. Et vous le savez aussi, madame, non ?

Sarah se contenta de soupirer mais elle ne quittait pas Graham des yeux. Ils brillaient plus qu'aucune alexandrite.

— J'ai commis une bêtise en lui parlant de vous, poursuivait Graham. Et vous avez failli la payer de votre vie. Je ne croyais pas que Jeanne réagirait si vite.

Elle supposait bien que vous n'alliez pas vous laisser accuser comme ça et que vous parleriez d'elle. Avec son passé... J'espérais une confrontation avec vous. Mais ici. Pas sur les Plaines. C'est vous qui m'avez mise sur la piste en mentionnant la jalousie de Jeanne pour Élodie. Elle sait bien que vous êtes une menace pour elle. Et maintenant, avec ces cigognes qu'on a retrouvées près des corps des victimes...

— Les cigognes ?

— Des images de cigognes. Je ne sais pas pourquoi Jeanne a voulu signer ses crimes mais c'est un fait qu'elle connaît bien les oiseaux, non ?

— Si, admit Sarah avant de protester mollement.

— Mais ça ne prouve rien.

— Vous avez raison. La preuve, c'est qu'elle vous a suivie pour vous tuer.

— Quoi ?

— Je sais, c'est un choc, mais admettez que vous vous en doutiez. On vous a agressée rue de Bernières. Quand vous avez repris connaissance, l'homme qui vous a découverte est allé téléphoner. J'étais près du château Frontenac quand nous avons capté l'appel. J'ai dit que nous arrivions aussitôt, de ne pas envoyer d'autres voitures : la population est suffisamment alarmée ! Au moment où nous passions près du manège militaire, j'ai vu Jeanne qui courait vers la rue Saint-Louis. Vers chez elle. Elle venait des Plaines... Je l'ai interceptée et je lui ai dit que je m'étais trompée, que vous n'étiez pas coupable puisqu'on venait de vous attaquer. Je lui ai proposé de m'accompagner pour vous réconforter. Elle ne pouvait pas refuser. Mais son trouble était éloquent. L'avez-vous vue, oui ou non, sur les Plaines ? Je vous en prie, cessez de la protéger. Si elle était là, il faut me le dire. Sans l'arrivée de ce monsieur, elle vous aurait tuée, ne l'oubliez pas.

Sarah secoua la tête :

— Je suis désolée, mais je n'ai rien vu…

— Elle nous a bien eus avec sa phobie…

— Sa phobie ?

— Les objets coupants ; c'est ce qui a détourné mes soupçons au début ; comment pouvait-elle couper les cheveux de ses victimes ? Elle a peut-être déjà eu peur des couteaux pendant un moment, à cause de son passé, mais c'est bien fini. J'en suis sûre. Elle connaît les oiseaux, elle n'a aucun alibi pour aucun des meurtres mais un motif pour l'assassinat d'Élodie. Il nous manque seulement des raisons pour les deux autres meurtres. Enfin, je dis nous, mais…

— Mais ?

— Je dois être honnête avec vous ; je suis la seule ici à croire à la culpabilité de Jeanne. J'ai fait mes recherches seule, sans mon coéquipier. Mais comme je n'ai pas apporté de résultats concluants, on va me retirer l'enquête dès que Moreau saura qu'il y a une quatrième victime. Je n'ai pas de preuves, vous comprenez ? Mais je sais bien que c'est Jeanne ! Pourtant, Moreau a raison sur un point.

— Lequel ? dit Sarah d'une voix sourde. Elle était réellement choquée par les propos de Graham. Elle ne jouait plus.

— Les meurtres de Marie-France et Josette Blouin. Vous, c'est évident, elle sait que vous aviez tout compris à son sujet, vous devez disparaître. Pour Élodie, on sait qu'elle la détestait. Mais ces deux filles... Pourquoi les a-t-elle tuées ?

Sarah tira un paquet de Craven A, offrit une cigarette à Graham qui réussit à refuser. Elle aurait presque juré entendre la fumée s'exhaler de la bouche parfaite de Sarah tant le silence était absolu.

— Moi, je sais, inspectrice. Elle les a tuées pour brouiller les pistes. Élodie était la seule qui l'intéressait. Mais comme on aurait fait ensuite le rapprochement avec elle, Jeanne a tué deux autres femmes qui n'avaient aucun rapport avec Élodie. Elle voulait faire croire à un maniaque.

— Vous croyez ? dit Graham qui savait très bien que Sarah disait la vérité, sa vérité.

Toute bête, logique. Il revint à l'esprit de Graham cette petite phrase prononcée par Grégoire : « L'arbre cache la forêt. » Comment n'avait-elle pas compris plus tôt ?

— C'est une possibilité, je peux me tromper, avertit Sarah, humble.

Graham eut un soupir exagéré :

— Non, vous devez être dans le vrai. Je vous crois. Mais je serai la seule. Ils sont bornés ici, vous ne pouvez pas savoir ! Ils diront que ce sont des histoires de bonne femme, que nous nous sommes monté la tête. Ils vont se moquer de mon intuition féminine. Vous savez, j'ai voulu vous protéger, vous faire surveiller continuellement, on m'a refusé les effectifs néces-saires. Ils m'ont expliqué qu'on ne pouvait pas se mettre à défendre toutes les femmes que je croyais en danger. Que j'avais trop d'imagination ! C'est insensé, non ?

— Si, approuva Sarah. Mais qu'allez-vous faire ?

— Je ne sais pas. Je vais tenter de faire avouer Jeanne. Je vais la convoquer demain. Après la confé-rence de presse. Il faut que vous me promettiez une chose : de ne pas bouger de chez vous. Et, évidem-ment, de ne pas répondre à Jeanne, qu'elle frappe à votre porte ou vous téléphone. Débranchez tout. Ber-thier et Jasmin vont vous raccompagner ce soir, mais ils devront partir à quatre heures. Est-ce que votre ami passera la soirée chez vous ? Vous ne m'aviez pas dit qu'il restait maintenant avec vous, suite aux attentats ?

— Ne vous en faites pas pour moi. Je vais me barri-cader. Vous savez, en un sens, vous m'avez rassurée…

— Rassurée ?

— Maintenant que vous me confirmez que c'est Jeanne, je me sens mieux. Je sais d'où vient le danger. Je le devinais, mais je ne voulais pas l'admettre… Je sais pourtant que Jeanne est étrange. Je vous l'avais dit.

— Et je n'ai pas réagi assez vite, murmura Graham que la duplicité de Sarah renversait.

— Elle pensa un instant que la comédienne présen-tait les symptômes d'une double personnalité. Non, elle était intelligente, comme bien des assassins.

Sarah se leva, Graham s'approcha d'elle dans une attitude respectueuse et s'effaça devant elle après avoir ouvert la porte. Berthier et Jasmin attendaient au bout du couloir et s'empressèrent autour de Sarah Lay. Graham eut peur qu'ils ne jouent pas leur rôle jusqu'au bout, mais Jasmin lui fit un petit signe de tête qui la rassura et l'embarrassa. Pourquoi doutait-elle toujours des gens ? Elle savait que Berthier et Jasmin étaient efficaces mais elle craignait… « Paranoïaque, je suis paranoïaque. » Yves le lui répétait assez.

Par la fenêtre, elle vit Sarah s'éloigner avec ses collègues, s'appuyant naturellement au bras de Jasmin. Il y avait une éternité qu'elle, Graham, n'avait pas passé son bras sous celui d'un homme et elle envia le naturel de Sarah Lay. Et sa beauté. Même ses cheveux grossièrement coupés n'altéraient pas la joliesse du visage. Elle devait avoir eu du mal à sacrifier sa chevelure.

CHAPITRE 21

Jeanne attendait l'appel de Graham avec impatience, puisqu'elle répondit immédiatement :

— Enfin ! J'ai trouvé ! Pour la cigogne ! C'est fou !…

— J'arrive, je serai chez vous dans quinze minutes. Ne répondez plus au téléphone.

Graham composa fébrilement le numéro du capitaine Larcanche pour le prévenir, il fallait l'aider à installer le matériel.

— Je vous attends au coin de la rue, dit-il.

Il ouvrit la portière de la Fiat et se glissa en souplesse.

— Alors ?

— C'est bon, dit Graham. Jeanne sait même pourquoi il y avait des cigognes.

Elle aurait aimé s'expliquer davantage, mais l'excitation l'aurait peut-être fait bredouiller.

Et elle était superstitieuse, elle avait l'impression que tout pouvait lui échapper si elle parlait trop. Elle savait qu'il comprenait son laconisme. Il n'était pas comme Yves.

Jeanne leur ouvrit instantanément. Elle tenait un dictionnaire des mythologies et tapota une page d'un index nerveux.

— C'est ici, c'est écrit ! La cigogne ! Écoutez, dit-elle d'une voix étranglée. Antigone : fille de Laomédon, qui se vanta tellement de sa chevelure somptueuse qu'elle suscita la jalousie de la déesse Héra qui la transforma en cigogne.

— La cigogne… les cheveux coupés ! s'exclama le capitaine.

— Mais ce n'est pas tout. Ça, c'est un indice. Sarah ne pouvait se résoudre à faire une action d'éclat sans la marquer à la manière… La cigogne est une piste. Antigone est aussi une explication : Élodie et Sarah ont joué ensemble la tragédie. La version d'Anouilh. C'est Élodie qui incarnait Antigone. Sarah en était verte de jalousie même si elle le cachait assez bien. On lui avait attribué le rôle d'Ismène. Je la faisais répéter. Antigone dit à sa sœur Ismène : *Quand j'étais petite, je te barbouillais de terre, je te mettais des vers dans le cou et une fois je t'ai attachée à un arbre et j'ai coupé tes cheveux, tes beaux cheveux…*

— Mon Dieu !

— Dix ans plus tard ! Douze peut-être. Elle n'a jamais accepté qu'Élodie ait eu le rôle d'Antigone.

— Et quand elle a cru que celle-ci pouvait obtenir le rôle de Mme de Laviolette, elle a décidé de se débarrasser d'elle une fois pour toutes.

Graham relut le passage dans le dictionnaire plusieurs fois, puis elle raconta à Jeanne et au capitaine son entretien avec Sarah.

— Elle est maintenant persuadée que vous l'avez suivie, Jeanne, et que vous savez qu'elle a fait semblant d'être attaquée pour détourner les soupçons. Elle sait aussi que vous la connaissez très bien. Que vous pouvez tout deviner. Elle peut abuser des tas de gens, mais pas vous. Je lui ai dit que je vous convoquerais demain. Elle voudra vous voir avant. Pour vous faire taire. Elle n'a plus le choix. Vraiment plus. Elle viendra ici. Puisque vous refuserez de la rencontrer à l'extérieur. Et nous allons poser des micros pour entendre et enregistrer tout ce qu'elle dira. Dès qu'elle sera entrée ici, nous nous posterons à côté, prêts à intervenir. Si vous acceptez de nous aider…

— Je…

— Nous allons passer la nuit rue Saint-Denis. Elle vous appellera ou viendra peut-être très tôt. Ou même cette nuit.

— Vous allez geler ! Il fait presque moins vingt.

Graham haussa les épaules en regardant le capitaine qui finissait d'installer les micros. Elle lui dirait comme elle appréciait son aide en attendant Sarah Lay. Il sortit avant elle pour vérifier le bon fonctionnement de son dispositif puis revint chercher Graham. Elle était penchée près de la cage du mainate que tout ce remue-ménage excitait ; il s'égosillait en cris et sifflements divers mais ne prononça pas un seul mot. Graham et Larcanche saluèrent Jeanne puis descendirent furtivement l'escalier ; l'inspectrice craignait de rencontrer Bernie.

Elle ouvrit le coffre de sa voiture et dénicha un thermos dans un indescriptible fouillis.

— Je vais au restaurant rue Buade le faire remplir de thé. À moins que… Vous préférez le café, je crois.

— Non, non, du thé.

Tandis qu'elle s'éloignait, il fixa le système d'écoute. Il entendit très clairement Jeanne parler avec son oiseau, puis des pas, la porte de la salle de bains grincer, un bruit d'eau. Il crut entendre une sorte de claquement ; Jeanne refermait la porte de la salle d'eau. Lui aussi, bien qu'il habitât seul, fermait toujours la porte quand il prenait un bain ou une douche, pudeur inutile.

— Je n'ai pas résisté, dit Graham en ouvrant la portière et en lui tendant un grand sac de papier brun.

— Qu'est-ce que c'est ?

— Des Dry Won Ton.

— Des quoi ?

— C'est une sorte de ravioli chinois frit. C'est très très gras. Pire que des chips. Et j'adore ça, dit-elle en riant.

— Pouah ! Je ne comprends pas que vous ayez un teint aussi clair avec toutes les saloperies que vous avalez. Qu'est-ce que vous mangez quand vous êtes chez vous ?

— N'importe quoi. Des conserves. Des surgelés. Je ne sais pas faire la cuisine, c'est trop compliqué.

Il protesta. Il adorait concocter de bons petits plats. C'était beaucoup plus simple qu'il n'y paraissait. La recette du bourguignon par exemple, ou la blanquette de veau, la cane aux pommes, l'agneau printanier. Ou un bon pot-au-feu. Aimait-elle le pot-au-feu ? Oui, elle aimait.

Durant les cinq heures suivantes, il apprit que Graham aimait aussi la mer, le son des cloches mais pas les églises, le beurre d'anchois, les ciels gris et les ciels étoilés, l'odeur de l'essence, son collègue Rouaix, le ski, le jeudi, les calculatrices de poche, Mozart, Nina Simone, Québec, Montréal, Rivière-du-Loup, Amsterdam à cause des chats qui dorment dans les boutiques des antiquaires, les pélicans et la plupart des oiseaux, les gants que Grégoire lui avait offerts, et Grégoire.

Larcanche aussi l'avait apprécié.

— À la fois méfiant et naïf, jeune et vieux.

— Tendre et dur. Je voudrais qu'il accepte mon aide ! Mais je ne peux rien lui promettre d'extraordinaire. Je l'imagine mal retourner aux études. Il est trop pressé. Et il y a la drogue. Oh ! je comprends bien qu'il en prenne ! Mais j'espère tout de même que les malunyas vont finir par détruire toutes les récoltes.

— Les malunyas ?

— Ce sont de petits papillons blancs qui vivent en Amazonie et qui prisent les sols où poussent les cocaïers. Au crépuscule, des centaines de malunyas survolent les plantations ; les femelles pondent leurs œufs dans les feuilles de cocaïers, quelques jours plus tard, les larves les grignotent. Avec beaucoup d'appétit : ça prend moins d'une semaine pour bouffer tout un hectare.

— Il n'y a pas de pesticide ?

— Si. Mais les policiers empêchent la fumigation des plants… Remarquez, ça sera peut-être pire ; les prix vont grimper. Mais on peut rêver à la ruine totale des récoltes… Ah ! Ça sonne ! C'est la porte ! Sarah est arrivée ! Vite !

Même s'ils étaient sortis plusieurs fois de la voiture durant leur attente, le froid les surprit, car ils étaient fatigués. Ils attendirent que Sarah soit montée et qu'elle ait claqué la porte de l'appartement avant d'entrer dans l'immeuble. Ils gravirent silencieusement les marches. Malgré l'heure, Graham s'inquiétait toujours de rencontrer Bernie ; s'il la voyait, c'était la catastrophe.

Othello siffla car il reconnaissait Sarah. Puis, Jeanne eut une sorte de plainte sourde qui fit frémir Graham. Elle allait pousser la porte quand le capitaine la retint.

— Attendez ! Écoutez !

— *Arrête Sarah ! Je ne peux pas supporter ça. Tu le sais. Range ces ciseaux.*

— *Quand tu auras écrit ce que je vais te dicter.*

— *Quoi ?*

— *Tes aveux !*

— *Mes aveux ?*

— *J'ai le regret de t'informer que l'inspectrice Graham sait que c'est toi qui as tué Élodie, Marie-France et l'autre. Tu es folle, tu l'as toujours été.*

— *Mais c'est faux. Sarah ! Tu le sais ! Je le sais !*

— *Oui... Mais tu n'avais pas à me suivre sur les Plaines ! Espionne !*

Graham souhaita que Jeanne soit aussi résistante que les cafards.

Elle l'était, sa voix prenait de la force à chaque réplique, comme si elle avait répété ce rôle depuis très longtemps. Graham tressaillit ; elle n'aimait pas subitement les nouvelles intonations de Jeanne.

— *J'avais tout deviné ! Et je vais expliquer à l'inspectrice ce que j'ai découvert à propos d'Antigone. Et des cigognes.*

— *Tu ne diras rien du tout, tu vas écrire.*

— *Non.*

Il y eut un bruit de verre cassé. Othello siffla, affolé. Graham avait peur que les battements de son cœur ne l'empêchent de tout entendre.

— *Assieds-toi et écris ou je t'enfonce les ciseaux. J'ai un couteau aussi.*

— *Sarah !*

— *Écris : Moi, Jeanne Duroy, reconnais avoir tué Élodie Cartier, Marie-France Dupont et Josette Blouin…*

— *Tu es folle !*

— *Je ne suis pas folle,* rugit Sarah. *C'est toi qui as été à l'asile ! Tu m'as toujours protégée ? Eh bien continue, ma gentille petite cousine.*

— *Mais ça sert à rien ! Je vais tout nier ensuite !*

— *Tu ne pourras pas. Tu écris, puis tu te suicides. Tu vas avaler ces petites pilules.*

— *Sarah…*

La voix de la comédienne muait, grinçait, oppressée.

— *Mais ça ne te fera pas mal, allez, dépêche-toi.*

— *Sarah… Essaie de…*

— *Arrête de gémir ! Tu me fais penser à Élodie ! Elle se plaignait tout le temps ! Alors qu'elle avait les meilleurs rôles ! C'était elle ou moi, elle n'avait même pas de talent ! Tu le sais, Jeanne, c'est toi-même qui l'as dit !*

— *Oui, c'est vrai.*

— *Écris, sois gentille.*

La voix était maintenant presque suppliante.

— *Je n'écrirai pas, Sarah, c'est inutile. L'inspectrice Graham est derrière la porte…*

— Mais pourquoi lui dit-elle ? jura Graham.

Un hurlement. Un choc sourd. Puis un second.

— Elles se battent !

Ils se ruèrent vers la porte.

— Elle est verrouillée ! Comment a-t-elle pu ?

Des cris leur parvenaient du magnétophone dissimulé dans le portique.

— Derrière, dans la cour.

— Je descends ! Elle va tenter de nous échapper. Restez ici.

Graham secouait la poignée de la porte avec la fureur du désespoir, n'osant pas comprendre que Jeanne l'avait possédée. Elle entendit la porte de derrière s'ouvrir, puis un cri. Un cri très long. Elle se précipita dans la cour.

Larcanche tenait encore la rampe de l'escalier de secours. Il fixait la porte plus haut, d'où s'était envolée Sarah Lay. Il n'avait pas pu la cueillir. Le sang, éclaboussant le peu de neige qu'il y avait dans la cour, dessinait des roses magnifiques, comme celles qu'on offre aux premières d'un spectacle et qui remplissent les loges des comédiennes.

Graham s'approcha de Larcanche. Le tint un instant contre elle. Il avait vu ce qu'elle aurait dû voir. Il lui avait évité certains cauchemars. Elle dormirait peut-être avec lui, pour être là quand il ferait ces mauvais rêves d'interminable chute. Pour être là et le bercer. Ou le caresser, oui, plutôt… Elle avait peur d'être

maladroite au début. Mais il comprendrait. Il se dégagea lentement.

— L'escalier… Une vraie patinoire. Ce n'est pas
l'eau du bain que j'ai entendue couler hier soir. J'aurais dû le deviner !

— Non, c'est moi. J'aurais dû savoir. Que c'était une
histoire de famille, pas de cinéma. Jeanne ne pouvait
pas vivre indéfiniment dans l'ombre de Sarah… La
voilà.

Jeanne s'avançait lentement, à la manière d'un
automate. Elle passa devant Graham et Larcanche
et s'agenouilla près de sa cousine pour lui fermer les
yeux. Ils avaient la teinte exacte du crépuscule hié-
mal et les lumières qui s'allumaient l'une après l'autre
dans l'immeuble rappelaient les flashes des caméras
qui poursuivent les stars.

— Vous avez glacé l'escalier de secours, dit Graham en se penchant vers Jeanne.

— Oui. J'ai toujours peur que les chats ne grimpent
et ne dévorent Othello.

— Sarah disait que vous mentiez vous aussi.

— Elle les avait tuées, vous avez vos preuves.
Laissez-nous.

Graham ne saurait jamais si la douleur de Jeanne
était sincère. Dans la chute, le paquet de Craven A de
Sarah s'était renversé. Graham tendit une cigarette à
Larcanche qui l'accepta, complice. Ils partageraient
aussi ce remords.

Ils s'étouffèrent tous les deux.

Parus à la courte échelle :

Romans

Julie Balian
Le goût du paradis

Chitra Banerjee Divakaruni
Une histoire extraordinaire

Valérie Banville
Canons
Nues

Patrick Bouvier
Des nouvelles de la ville

Chrystine Brouillet
Le Collectionneur
C'est pour mieux t'aimer,
  mon enfant
Les fiancées de l'enfer
Soins intensifs
Indésirables
Sans pardon
Silence de mort
Promesses d'éternité
Sous surveillance
Double disparition

Marie-Danielle Croteau
Le grand détour

Hélène Desjardins
Suspects
Le dernier roman

Sylvie Desrosiers
Voyage à Lointainville
Retour à Lointainville
T'as rien compris,
  Jacinthe…

Annie Dufour
Les enfants de Doodletown

Andrée Laberge
Les oiseaux de verre
L'aguayo

François Landry
Moonshine

Anne Legault
Détail de la Mort

Jean Lemieux
La lune rouge
La marche du Fou
On finit toujours par payer
Le mort du chemin
  des Arsène
L'homme du jeudi

Nathalie Loignon
La corde à danser